Rüdiger Marmulla

Eine Liebe in Regensburg

Neustart mit Hindernissen

Die Charaktere und persönlichen Ereignisse in diesem Buch sind frei erfunden. Jede Ähnlichkeit mit wirklichen Personen, seien sie lebendig oder verstorben, ist zufällig und nicht vom Autor beabsichtigt.

Bibliografische Information der Deutschen Nationalbibliothek
Die Deutsche Nationalbibliothek verzeichnet diese Publikation in der Deutschen Nationalbibliografie; detaillierte bibliografische Daten sind im Internet über http://dnb.d-nb.de abrufbar.

Verlag:
Rüdiger Marmulla, Gartenstraße 153, D-63263 Neu-Isenburg
https://marmulla.com

Druck: epubli – ein Service der neopubli GmbH, Berlin

Meinen Regensburger Freunden
Gerhard und Christa

Vorwort

Etwas Neues zu wagen bedeutet immer auch, neue Risiken einzugehen. Das funktioniert am besten mit viel Liebe. Liebe zu Menschen, aber auch zu den eigenen Träumen und Wünschen.

Richard und Dana begeben sich auf das Glatteis der Unternehmensgründung, um einen Lebenstraum zu verwirklichen. Sie stolpern, fallen und stehen wieder auf. Sie verlieren nicht ihr Ziel aus den Augen, dass ihr eigener Wunsch auch für andere Menschen Bereicherung und Segen sein soll.

Warmherzig und zunehmend spannungsgeladen erzählt Rüdiger Marmulla, wie zwei Liebende, die bereits Lebenserfahrung und Orientierung besitzen, ein Hotel mit Restaurant in Regensburg eröffnen. Neben feindlichen Geschäftsinteressen und bürokratischen Hürden stellen sich die Helden der Geschichte mit ihrer ganzen Persönlichkeit und Leidenschaft dem Gegenwind, der bei einem solchen Abenteuer nicht ausbleibt.

Das Buch ist eine Fortsetzung der Novelle „Rückkehr nach Regensburg“ und der Auftakt zu weiteren Abenteuern rund um die Geschäftsidee von Dana und Richard in ihrem Hotel am Brückenkopf in der beschaulichen Domstadt.

Margit Helten, Karlsruhe im Februar 2022

Ja

Ich halte mich an einer der Säulen fest. Ich atme schnell und flach. „Bleib jetzt ruhig, Junge“, höre ich mich sagen. Und dann spüre ich, dass mein Herz mit einem Mal wieder rein und regelmäßig schlägt. Ich atme bewusst und tief. Ich lebe. Ich werde leben. Schon lange fühlte ich nicht mehr so lebendig das Pulsieren der Gegenwart.

Mit langsamen aber sicheren Schritten gehe ich zu Dana zurück. Sie sitzt nach wie vor an der Südwestecke der Walhalla. Sie schaut zu mir hoch, als ich neben ihr stehe. Ich gehe auf die Knie, damit wir beide auf Augenhöhe sind. Ich nicke und sage nur ein Wort. „Ja.“

Sie lächelt, wendet sich mit ihrem ganzen Oberkörper zu mir und greift nach meinen Händen. Wir erheben uns miteinander und umarmen uns. Ohne Worte. Der Moment ist sehr bewegend. Meine Jugendliebe ist in meinen Armen. Und ich sehe sie noch mit denselben Augen wie als Teenager. Für mich wird Dana immer jung bleiben. Ich küsse sie. Wir hören nicht auf, uns zu küssen. Doch Dana löst sich nach einiger Zeit aus meiner Umarmung und spricht. „Ich habe eine schlechte Nachricht.“

„Was?“ Ich verstehe nicht.

„Da unten fährt gerade das letzte Schiff nach Regensburg. Wir sind zu spät.“

Ich schaue hinab zur Donau. Sie hat Recht. Das Schiff hat bereits abgelegt. „Und was machen wir jetzt?“

„Wir rufen uns ein Taxi.“

Das ist eine gute Idee.

Dana tippt auf ihr Mobiltelefon. „Guten Tag. Können sie bitte ein Taxi zum großen Parkplatz unterhalb der Walhalla senden? Ja? Danke." Sie beendet das Gespräch. Dann lenkt sie unsere Schritte den Weg hinab zu dem Parkplatz. Wir gehen Hand in Hand. Im Stillen hoffe ich, es würde jetzt wieder regnen. Wie damals, in unserer Jugend. Aber der Abend bleibt sonnig und schön.

„Fahren wir zu dir nachhause? Ich würde gerne sehen, wie du wohnst."

„Gern. Ich wohne in einer Dreizimmerwohnung in Neuprüll. Von meinem Küchenfenster aus kann ich den Dom mit der Altstadt sehen. Die übrigen Zimmer gehen nach Süden."

„Wie bist du eingerichtet?"

„Ich liebe schlichte Möbel mit einer klaren Linie. Und aus hellem Holz."

„Ich auch."

Unser Taxi kommt. Nach zwanzig Minuten treffen wir in Neuprüll ein. Ich zahle das Taxi. Dann gehen wir in ihre Wohnung. Das Haus liegt an einem Hang. Dana zeigt mir nach dem Betreten der Wohnung als erstes den Blick hinab auf die Altstadt. „Magst du etwas trinken? Ich kann uns auch etwas zu Essen machen."

„Ich mag gerne ein Mineralwasser. Was möchtest du zu Essen machen? Kann ich dir helfen?"

„Ja. Ich mache uns Brot mit Aufschnitt."

Dana zeigt mir, wo Besteck und Geschirr sind. Dann decke ich den Tisch, während sie das Brot schneidet und Wurst und Käse auf Platten anrichtet. Ich schaue mich im Wohnzimmer um. Es sieht sehr gemütlich aus. Kurz darauf kommt Dana mit Brot und dem Aufschnitt. Wir essen. Mein Herz schlägt froh, fest und sicher. Da frage ich sie ohne Umschweife. „Willst du meine Frau werden? Würdest du noch einmal heiraten?“

Dana schaut mich an. Erst sagt sie gar nichts. Dann nickt sie. „Ja, ich will.“

Wir beide lassen uns tatsächlich noch einmal auf das Abenteuer einer Ehe ein. In meinem Kopf kreisen ein paar Gedanken, wie ich meine Wohnung in Frankfurt aufgebe und hierher umsiedle. „Glaubst du, wir können hier zusammen in dieser Wohnung leben?“

„Ja. Warum nicht?“

Da fällt mein Blick auf die Papiere, die auf dem Stuhl neben mir liegen. Es ist der Plan von einem Haus und einem Grundstück. „Was hast du denn hier, Dana? Planst du, umzuziehen?“

„Nein. Das ist so ein Traum von mir. In der Nähe des Brückenkopfs steht seit einem guten halben Jahr ein großes Haus mit einer wundervollen Terrasse zur Pacht ausgeschrieben. Man hat von dem Haus aus einen wundervollen Ausblick auf die Steinerne Brücke und die Jahninsel.“

„Seit einem halben Jahr? Gibt es bei dem Haus einen Haken, dass es keiner pachten will? Und was würdest du mit dem Anwesen planen?“

„Man könnte einen Hotelbetrieb mit Restaurant eröffnen. Der Haken ist nur, dass man das Haus komplett renovieren müsste. Trotzdem ist das Anwesen ein Juwel am Brückenkopf.“

„Würdest du tatsächlich das Wagnis eingehen?“

„Ich habe dafür keine Mittel. Weil ich keine Erfahrung in der Hotellerie habe, will mir keine Bank einen Kredit geben. Ich muss das Projekt deshalb leider zu Grabe tragen.“

In mir regt sich etwas gegen diesen Tod. Und es keimt ein Interesse in mir auf. „Was würde denn die Renovierung kosten? Und wie viele Zimmer hätte das Hotel? Und wie viele Gäste könnte man im Restaurant bewirten?“

Dana steht von ihrem Platz auf und sucht aus dem ganzen Schwung an Papieren auf meinem Nachbarstuhl eine Mappe heraus. „Businessplan“ steht auf der Mappe. Sie reicht sie mir. „Ich habe bereits Erkundigungen und erste Voranschläge eingeholt.“

Ich blättere in den Papieren. Das Haus hätte nur dreizehn Gästezimmer. Und man müsste die Wasserleitungen im Haus neu anlegen, damit jedes Gästezimmer ein Bad bekommt. Die komplette Heizung und Elektrik müssten neu gemacht werden. Tapezier- und Malerarbeiten kommen auch noch dazu. Und die Möblierung. Und die Küche müsste natürlich eingerichtet werden. Unter Einhaltung aller Erfordernisse, die die Gewerbeaufsicht stellt. Dann bräuchte man Personal. Einen Koch, Bedienungen, und Personal zum Reinigen der Zimmer. Ich blättere in der Mappe. Auf den folgenden Seiten kommen die Kosten für die Renovierung und die laufenden Kosten für den Betrieb des Hauses. Ich schlucke beim Anblick der Zahlen. Ich lege die

Mappe auf den Tisch. „Das hast du ja schon einmal sehr sorgfältig zusammengetragen.“

„Es bleibt ein Traum, Richard.“ Sie nimmt die Mappe und legt sie zurück zu den anderen Papieren.

Und in meinem Kopf beginne ich, die Gesamtkosten zu addieren. Muss das alles nur ein Traum bleiben?

„Fährst du mit Christian morgen nach Frankfurt zurück? Wie geht es jetzt weiter?“

„Ich bespreche mich mit meinem Freund. Eigentlich möchte ich nicht fort von dir. Ich möchte, dass wir es miteinander festmachen. Ich fühle mich wieder wie ein Teenager. Ich traue uns beiden den Neustart miteinander zu. Ich habe ein gutes Gefühl.“

„Ich auch.“

Frühstück im Bischofshof

„Guten Morgen, Richard."

„Einen wundervollen guten Morgen, Christian."

„Du bist ja so gut gelaunt. Hattest du gestern mit Dana einen schönen Ausflug?"

„Ja. Ich fühle mich wieder wie ein junger Mann."

„Bist du in einen Jungbrunnen gefallen?"

„Das kann man so sagen."

„Erzähle. Mach es nicht so spannend."

„Ich heirate Dana und ziehe nach Regensburg."

„Was? Du machst Witze."

„Nein. Ich spaße nicht." Ich greife zu dem Kännchen, das vor mir auf dem Tisch steht und schenke mir eine Tasse Kaffee ein.

„Und ab wann wird das alles sein?"

„So schnell es geht. Ich will mit Dana nichts mehr falsch machen."

„Willst du hierbleiben? Fahren wir heute nicht zusammen nach Frankfurt zurück?"

„Unmöglich. Hier gibt es zu viele Dinge zu regeln."

„Zu regeln?"

„Ich will mit Dana zum Standesamt, um einen Termin auszumachen. Und dann heiraten wir so rasch wie möglich."

„Und was muss noch geregelt werden?"

„Stell dir einmal vor, Dana hat bereits einen Businessplan für die Pacht und den Betrieb eines Hotels mit Restaurant erstellt."

„Wo steht das Haus für diese Unternehmung?"

„Am Brückenkopf."

„Und die Finanzen? Wie soll das gehen?"

„Nach dem Verkauf meiner Zahnarztpraxis an der Hauptwache habe ich eine beachtliche Summe Geld erhalten. Die will ich investieren."

„Richard. Ich erkenne dich gar nicht wieder. Ist das nicht ein hohes Risiko?"

„Ich will Dana und mir diesen Traum erfüllen."

Es scheint, mein Freund traut seinen Ohren nicht. Und schon fragt er nach. „Wo ist der Richard, der nichts Neues mehr wagen wollte? Der meinte, es tue sich nichts Neues mehr in seinem Leben?"

„Seit gestern ist mein Leben ganz neu. Ich bin neu verliebt, neu verliebt in meine Jugendliebe. Ich kann dir gar nicht sagen, welche Energie das in mir freisetzt."

„Ja. Ich merke das schon. Also, ich fahre heute mit dem Intercity Express zurück nach Frankfurt."

Wir essen. Und nach dem Frühstück trennen sich unsere Wege.

Standesamt

„Wenn sie an einem Freitag heiraten, dann findet die Eheschließung im Alten Rathaus Regensburgs statt.“ Der Beamte nimmt das Formular und unsere Geburtsurkunden entgegen.

„Das hört sich gut an. Wann ist denn der nächste Termin frei?“ Ich blicke dem Mann hinter dem Schreibtisch direkt in die Augen.

Der Beamte sucht in seinem Computer nach freien Terminen. „In drei Wochen ist es möglich. Um 11.00 Uhr. Wollen sie?“

Dana schaut mich an und nickt. „Ja. Den Termin nehmen wir.“

Ich bin einverstanden. Nachdem wir alles festgemacht haben, verlassen wir das Rathaus. „Dana?“

„Ja?“

„Magst du mir bitte das Haus am Brückenkopf zeigen?“

„Ist das dein Ernst?“

„Ja. Natürlich.“

Dana zeigt mir den Weg zu dem Haus. Unter einem Torbogen gelangen wir auf eine Terrasse. Hier hat man einen fabelhaften Ausblick auf die Steinerne Brücke und die Jahninsel.

„Das Anwesen ist wirklich sehr schön und hat eine exzellente Lage. Können wir einen Termin mit dem Eigentümer ausmachen?“

„Ja. Aber was soll das bringen?“

„Vielleicht klappt das ja mit der Pacht und der Renovierung.“

Dana hat jetzt einen ganz erstaunten Gesichtsausdruck. Dann greift sie zu ihrem Mobiltelefon und wählt eine Nummer. „Guten Tag, Herr Obermeier. Ich würde mich gern noch einmal zusammen mit meinem Mann mit ihnen treffen. Haben sie Zeit? ... Heute? ... Ja. Das ist wunderbar. Danke. Bis gleich." Sie beendet das Telefonat und nickt mir zu. „Herr Obermeier ist in einer halben Stunde hier."

Das Geschäftliche

„Da kommt Herr Obermeier.“ Dana zeigt mir den älteren Herrn, der uns entgegenkommt. „Grüß Gott.“

Herr Obermeier grüßt freundlich zurück. „Also, sie haben sich jetzt doch entschieden, mein Juwel am Brückenkopf anzumieten?“

„Ja. Mein zukünftiger Mann will sein Kapital gern in das Projekt investieren. Zeigen sie uns bitte das Haus von innen?“

„Ja.“ Herr Obermeier öffnet das Haus mit einem Schlüssel, den er aus der Tasche zieht. Er führt uns durch die Etagen.

Ich sehe, dass die Wände und Decken trocken sind. Dennoch muss alles gründlich renoviert werden. Nach dem Rundgang frage ich ihn nach den Konditionen der Pacht.

Herr Obermeier räuspert sich. „Die monatliche Pacht ist ihnen ja bereits bekannt. Sie müssen das Haus für zehn Jahre pachten. Und ich brauche eine Vorauszahlung von drei Jahresmieten.“

„Drei Jahresmieten?“ Dana schaut Herrn Obermeier erstaunt an. Dieses Detail war ihr wohl noch nicht bekannt.

Ich spreche wieder. „Wir kommen diese Woche noch auf sie zu. Wir sind interessiert.“

„Gut. Ich höre also von ihnen.“ Herr Obermeier verabschiedet sich.

„Dana, wenn dein Businessplan stimmt, dann könnte es Spitze auf Knopf mit meinem Kapital hinkommen. Aber eine Reserve sollten wir schon haben, um das Projekt in Angriff zu nehmen. Es können immer unvorhergesehene Kosten auf uns zukommen. Wir sollten mit der Bank sprechen."

Dana stimmt mir zu. Und wir machen uns sofort auf den Weg zur Bank. Wir bekommen auch gleich einen Termin zur Kreditberatung für Geschäftskunden.

„Guten Tag. Ich bin Herr Gmeiner. Nehmen sie doch bitte Platz. Und zeigen sie mir bitte einmal ihren Businessplan."

Dana und ich setzen uns. Sie ergreift das Wort. „Der Businessplan liegt ihnen bereits vor. Was sich seit dem letzten Gespräch mit ihrem Kollegen geändert hat, ist, dass mein künftiger Ehemann sein Kapital in das Projekt investieren möchte."

Herr Gmeiner schaut jetzt mich an. „Wie hoch ist denn die Summe, die sie investieren werden?"

Ich rufe auf meinem Mobiltelefon mein Konto auf und zeige ihm meinen aktuellen Kontostand.

„Nicht schlecht. Damit könnten sie das Projekt beinahe allein stemmen. Und haben sie inzwischen einen Projektpartner mit Erfahrung in der Hotellerie?"

„Nein", sagen Dana und ich gleichzeitig.

Herr Gmeiner schaut ernst. „Wir können keinen Kredit gewähren, wenn sie niemanden mit einschlägigen Erfahrungen im Team haben. Welchen Beruf haben sie denn ausgeübt?" Er blickt mir in die Augen.

„Ich bin Zahnarzt."

„Ja. Das hat ja so gar nichts mit der Hotellerie zu tun. Ich schlage ihnen vor, jemanden zu suchen, der vom Fach ist und sie stellen sich dann wieder bei mir vor. Mehr kann ich im Moment wirklich nicht für sie tun."

Wir verlassen das Bankhaus. Dana sieht im ersten Moment enttäuscht aus. Doch dann strahlt sie über ihr ganzes Gesicht. „Heute haben wir unseren Hochzeitstermin ausgemacht. Das ist ein wundervoller Tag. Lass uns essen gehen."

Wir gehen in die L'Osteria. Und wir feiern diesen Tag mit einer Pasta und gutem Wein.

Ein unerwarteter Anruf

Während wir eine Crème brûlée essen, läutet mein Mobiltelefon. Christian? „Das ist Christian“, kommt mir ganz erstaunt über die Lippen. Ich nehme den Anruf entgegen. Ich höre ihm zu. Und ich sage nur einen Satz. „Das ist kaum zu glauben.“ Dann beenden wir das Gespräch.

„Was hat Christian gesagt?“ Danas Interesse ist auch geweckt.

„Er ist in Nürnberg aus dem Intercity Express ausgestiegen.“

„Wieso das?“

„Um in den nächsten Intercity Express zurück nach Regensburg einzusteigen.“

„Das macht doch gar keinen Sinn. Er wollte doch zurück nach Frankfurt.“

„Er will etwas mit uns besprechen.“

„Hat denn Christian niemanden, der in Frankfurt auf ihn wartet?“

„Nein. Christians Frau hat sich vor einem Jahr von ihm scheiden lassen. Die beiden waren kinderlos. Er hat zwar einige Freunde in Frankfurt. Aber die engste Freundschaft pflegt er mit mir.“

„Hast du eine Idee, was er mit uns besprechen könnte?“

„Christian ist immer für eine Überraschung gut.“

„Wann kommt er in Regensburg an?“

„Er sitzt bereits im Zug zurück zu uns. Er müsste in einer halben Stunde hier eintreffen. Lass uns zum Bahnhof gehen.“

Zu dritt

Der Intercity Express rollt auf Gleis 1 in den Bahnhof ein. Wir schauen nach rechts und links, ob wir ihn aus dem Zug aussteigen sehen. Dana entdeckt ihn zuerst.

Mit seinem geschulterten Rucksack tritt er uns entgegen. „Braucht ihr in eurem Team noch einen Dritten?“

„Du willst in unserem Hotelprojekt mitmachen?“

„Ja. Ich will dabei sein. Mit meiner Zeit, meinem ganzen Engagement und mit meinen Finanzen.“

„Ich bin vollkommen sprachlos.“ Ich schaue Dana an. Dann blicke ich Christian in die Augen. „Mit dir zusammen könnten wir es auch ohne die Bank schaffen.“

Christian nickt. „Nach dem Verkauf meiner Kanzlei habe ich einen schönen Betrag auf die Seite legen können.“

Dana möchte mehr wissen. „Du hattest eine Kanzlei? Welchen Beruf hast du ausgeübt?“

„Ich war als Rechtsanwalt und Notar tätig. In zwei Jahren hätte ich ohnehin die Altersgrenze für die Ausübung meines Notarberufs erreicht. Ich verkaufte meine Kanzlei komplett an meinen Teilhaber, weil ich nach der Scheidung für etwas Neues frei sein wollte. Ich habe schon länger darüber nachgedacht, in den Süden zu ziehen. Ich dachte an Mallorca. Aber auf der Fahrt nachhause habe ich mich gefragt, ob ich meinen neuen Lebensabschnitt nicht auch mit euch in Regensburg beginnen könnte.

Je länger ich darüber nachdachte, desto besser gefiel mir die Idee."

„Hast du dir das auch gut überlegt?"

„Ja. Ich habe mich immer schon rasch in meinem Leben entscheiden können, wie du weißt, Richard."

„Das ist wahr." Ich nicke Dana zu.

Christian lächelt. „Worauf warten wir? Machen wir den Pachtvertrag fest."

„Ich rufe Herrn Obermeier an." Dana greift zu ihrem Mobiltelefon. Sie vereinbart einen Termin mit dem Eigentümer des Juwels am Brückenkopf und bittet, den Pachtvertrag schon vorab als Email zu senden, damit Christian den Text fachmännisch prüfen kann. Sie beendet das Telefonat.

Dann umarmen wir drei uns neben Gleis 1. Ein neues Leben liegt vor uns.

Der Start

Wir drei unterschreiben im Haus am Brückenkopf den Pachtvertrag in der Gegenwart von Herrn Obermeier. Der Vermieter schüttelt unsere Hände. „Ich gratuliere ihnen. Und vergessen sie nicht, binnen einer Woche die drei Jahresmieten zu überweisen."

Christian nickt Herrn Obermeier zu. „Darum kümmere ich mich. Das geht in Ordnung." Er nimmt den Schlüsselbund vom Vermieter entgegen. Dann bricht Herr Obermeier auch schon auf.

„Ich rufe jetzt Tadeusz an, damit er weiß, dass er mit den Bauarbeiten anfangen kann." Dana greift zu ihrem Mobiltelefon. Wir haben Glück. Tadeusz kann mit seinen Leuten ab nächster Woche mit den Umbauarbeiten beginnen. Dana wendet sich Christian und mir wieder zu. „Wir brauchen einen Chefkoch. Je früher wir uns darum kümmern, desto besser ist das. Der künftige Chefkoch kann dann bei der Gestaltung der Küche mitsprechen."

„Wie gehen wir da vor?" Ich habe keinen Plan.

„Wir setzen eine Ausschreibung in das Magazin ‚Lecker kochen'. Und wir machen zur Bedingung, dass der Bewerber Chefkoch in einem Sternerestaurant ist."

Ich reibe mein Kinn. „Dann kann er den Stern gleich in unser Restaurant mitbringen?"

„Nein, Richard. Die Sterne werden nicht an die Köche sondern an die Restaurants vergeben. Unser Bewerber müsste sich den Stern in unserem Haus erst einmal ganz neu erarbeiten."

„Und wie wählen wir den richtigen Koch aus?“ Christian blickt von seinem Mobiltelefon auf. Es sieht so aus, als habe er schon die dreijährige Pacht an Herrn Obermeier überwiesen.

Dana hat bereits feste Vorstellungen. „Wir führen ein Gespräch. Und er muss uns ein Gericht vorkochen.“

Ich frage mich, was da vorgekocht werden könnte. „An welche Mahlzeit denkst du?“

„Käsespätzle. Ich denke an die guten Käsespätzle vom Bischofshof. Die Aufgabe des Kochs wird es sein, die Käsespätzle vom Bischofshof zu übertreffen.“

„Das ist kühn.“ Ich lächele Dana an. „Und wo soll er vorkochen? Die Küche in unserem Haus ist ja noch lange nicht fertig.“

„Er soll bei mir zuhause das Essen zubereiten. Und wir drei probieren es dann.“

„Setzt du die Ausschreibung gleich in ‚Lecker kochen‘?“

„Ja. Und ich habe auch schon einen Text vorbereitet. ‚Ambitioniertes neues Hotel mit Restaurant am Regensburger Brückenkopf sucht kreativen Sternekoch mit frischen Ideen für unser Haus.‘“

Ich stimme zu.

Auch Christian ist der Meinung. „Das klingt gut.“

„Dann schicke ich das so an das Portal von ‚Lecker kochen‘. Moment. Klick. Abgeschickt.“

Hochzeit

Meine drei Kinder sind mit ihren Familien zu unserer Hochzeit nach Regensburg angereist. Und auch Danas beide Kinder erscheinen zum Hochzeitstag. Ihre Tochter sieht Dana zum Verwechseln ähnlich. Ich bin mir ganz sicher, dass sie die junge Frau ist, die ich damals im Bischofshof kurz gesehen habe.

Die Hochzeit findet an einem Freitag im Alten Rathaus Regensburgs statt. Unsere Trauzeugen sind Christian und Cornelia, Danas Freundin aus frühesten Jugendtagen.

Dana sieht phantastisch aus. Sie hat ein helles Kostüm an. In ihren Händen hält sie einen bunten Blumenstrauß. Wir schreiten in den ersten Stock des Alten Rathauses. Der Standesbeamte weist uns die Plätze an. Und ich schaue Dana ganz verliebt an. Sie lächelt. Das ist Liebe. Nach der Rede und der Frage nach dem Eheversprechen antworten wir beide mit „Ja“. Wir stecken uns unsere Ringe an.

„Sie dürfen ihre Braut jetzt küssen.“

Das tue ich.

Wir verlassen das Alte Rathaus und sind schon auf dem Weg zum Bischofshof, in dem wir einen Raum für unsere Hochzeitsmahlzeit reserviert haben. Da vibriert Danas Mobiltelefon.

„Das ist Tadeusz. Da muss ich rangehen.“ Sie hört unserem Handwerker wortlos zu. Dann spricht sie. „Wir kommen sofort.“ Dana beendet das Gespräch.

„Was ist los?“ Ich komme ins Staunen und bin neugierig, was Tadeusz gesagt hat.

„Tadeusz ist bei den Arbeiten im Keller auf etwas gestoßen. Er hat mir noch nicht gesagt, was das ist. Er sagt, wir müssen uns das unbedingt ansehen. Er hat erst einmal die Bauarbeiten gestoppt.“

Christian schaltet sich ein. „Gestoppt? Das ist schlecht. Wir wollen doch mit den Arbeiten vorankommen.“

Dana ist fest entschlossen. „Wir gehen sofort zur Baustelle.“

Das Essen im Bischofshof fällt für uns erst einmal aus.

Der Fund

Tadeusz führt uns in den Keller des Hauses am Brückenkopf. „Wir mussten für die Heizungsanlage Erde ausheben. Da haben wir das hier gefunden." Er deutet auf ein breit ausgehobenes Loch am Boden.

Zunächst kann ich gar nichts erkennen.

Doch dann leuchtet Tadeusz mit einer Taschenlampe in das Loch hinein.

Ich erkenne so etwas wie ... eine Truhe. „Was ist das?"

Tadeusz kniet sich vor das Loch. Dann hebt er den Deckel der Truhe an. Die Truhe ist randvoll mit goldenen Münzen.

„Was machen wir jetzt?" Dana schaut Christian und mich an.

Christian denkt kurz nach. Dann antwortet er. „Wir müssen die Denkmalschutzbehörde informieren. Wir müssen die Bauarbeiten hier im Keller tatsächlich erst einmal einstellen. Und wir müssen auch Herrn Obermeier informieren."

Während Christian die Behörde anruft, spricht Dana mit unserem Vermieter.

Der ist außerordentlich schnell bei uns auf der Baustelle. Herr Obermeier schaut sich alles genau an. Dann sagt er „Das ist alles meins. Ich bin der Eigentümer."

Dana schaut Christian an. Der deutet ihr an, mit uns draußen allein sprechen zu wollen. Wir gehen auf die Terrasse des Anwesens. Christian hält einen Moment inne. Dann spricht er.

„Bei einem Schatzfund gilt in Bayern die Regel der Hadrianischen Teilung. Diese Regel geht auf römisches Recht zurück und ist im Bürgerlichen Gesetzbuch festgeschrieben."

„Und an wen geht der Schatz? An uns und Herrn Obermeier?"

„Nein. Ich muss euch enttäuschen, Dana. Die eine Hälfte geht an den Eigentümer, die andere Hälfte geht an den Finder. Und das ist Tadeusz."

Ich verstehe nicht. „Und wir gehen leer aus?"

„So sieht es aus. Wir müssen den Schatz und den Fundort auch durch die Denkmalschutzbehörde prüfen lassen. Gegebenenfalls werden sie weitere Grabungen vornehmen. Es könnte sich um einen alten Römerschatz handeln. Die Bauarbeiten müssen auf unbestimmte Zeit ruhen."

Dana ist der Schreck anzusehen. „Dann bleiben die Kosten durch den Verzug allein an uns hängen? Und wir bekommen nichts vom Schatz?"

Christian nickt. „So sieht es aus."

Ich kratze mich am Kopf. „Na, das sind ja tolle Aussichten." Kurz denke ich nach. „Jetzt wollen wir zum Bischofshof Mittagessen gehen. Hier können wir ohnehin im Moment nichts mehr ausrichten."

Wir drei verlassen das Anwesen und kehren zu unserer Hochzeitsgesellschaft zurück, die bereits im Bischofshof auf uns wartet.

Die erste Nacht

Dana sieht müde aus. Der Tag war lang und ereignisreich.

Ich habe im Bischofshof ausgecheckt und meinen Koffer in Danas Wohnung mitgebracht. „Das ist unsere erste Nacht."

„Ja, Richard. Wir setzen uns erst einmal aufs Sofa."

„Ziehe die Schuhe aus. Ich massiere dir die Füße."

„Das ist eine tolle Idee. Ich danke dir."

Ich nehme ihren rechten Fuß in beide Hände. Er ist kalt. Meine Hände sind warm.

„Das tut gut, Richard."

Ich sehe, wie Dana entspannt. Nach fünf Minuten schläft sie sogar ein. Auf dem Sofa. Auch schön. Ich schaue sie an. Ich genieße ihre Nähe, auch wenn sie jetzt schläft.

Kurz vor Mitternacht wecke ich sie. „Wollen wir ins Bett gehen? Es schläft sich auf dem Sofa nicht so gut."

Dana blickt mir in die Augen. „Ich bin eingeschlafen. Das tut mir leid. Ist das jetzt unromantisch?"

„Mit dir ist alles schön. Ich liebe deine Nähe. Ich habe dir zugeschaut, während du schliefst."

Wir gehen ins Schlafzimmer und entkleiden uns. Dana sieht phantastisch aus. Ich finde ihren Körper jugendlich und schön. Ich glaube, ich bin der glücklichste Mann der Welt. Heute und immer. Wir legen uns und ich herze sie.

Auf der Baustelle

„Dana, ich gehe mal zur Baustelle. Seit Tagen geht es nicht voran."

„Ich komme mit. Ich will auch wissen, wie weit die Ausgrabungen gediehen sind."

Wir gehen gemeinsam zum Haus am Brückenkopf. Hier ist ganz schön was los. Als erstes begegnen wir zwei Reportern der Mittelbayerischen Zeitung. Weiter als bis zur Terrasse des Anwesens kommen wir nicht. Da steht ein Kamerateam des Bayerischen Rundfunks.

Ich spreche den Aufnahmeassistenten an. „Gibt es etwas Neues? Wir sind die Pächter dieses Hauses."

Der Aufnahmeassistent ruft daraufhin umgehend seine Reporterin. Sie kommt auf uns zu. Der Kameramann und ein Tonassistent halten die Kamera und das Mikrofon auf uns und die Reporterin. Sie kommt gleich zur Sache. „Guten Morgen. Was sagen sie als Pächter zu dem Fund der zwei Skelette und der geheimnisvollen Scheibe?"

„Welche Skelette und welche Scheibe? Wir wissen nur von einem Münzfund." Ich verstehe nicht so recht.

Die Reporterin dreht sich um. „Aus, aus. Die wissen gar nicht, was hier los ist."

Dana ergreift das Wort. „Können sie uns bitte aufklären?"

„Zwei bestattete Skelette wurden gefunden. Und eine Scheibe mit drehbaren Segmenten. Sonne, Mond und Sterne sind auf den

Segmenten der Scheibe abgebildet. Es sieht ganz nach einem astronomischen Fund aus."

„Wir dachten, es sei ein Römerschatz?"

„Nein. Nach ersten Erkenntnissen, ist der Fund bedeutend älter."

„Aber Regensburg ist doch eine ursprünglich römische Siedlung. Mir ist nicht bekannt, dass vor den Römern hier schon jemand wohnte."

„Das ist ja die Sensation. Die hier gefundene Himmelsscheibe ist nach ersten Erkenntnissen des Labors noch bedeutend älter als die Himmelsscheibe von Nebra. Erste Schätzungen gehen von einem Alter von knapp 5000 Jahren aus. Im Metall fand sich Kohlenstoff, der zur Datierung herangezogen wurde."

„Und wie sieht unser Kellergeschoss aus?"

„Da wurde die ganze Erde ausgehoben. Im Keller ist kein Stein mehr auf dem anderen." Kurz darauf wird das Team vom Bayerischen Rundfunk ins Haus hinein gerufen. Die Reporterin verabschiedet sich von uns.

Mehr Informationen bekommen wir hier nicht. Vielleicht sollten wir uns mal die aktuelle Zeitung kaufen. „Ein Ende scheint nicht absehbar."

„Nein, Richard. Das sieht nicht gut für unser Hotel aus."

„Ich frage mal beim Denkmalschutzamt nach, mit welcher Dauer der Ausgrabungen wir noch rechnen müssen."

„Was machen wir jetzt mit den drei Bewerbern, die sich auf unsere Ausschreibung in ‚Lecker kochen' hin gemeldet haben?"

„Wir bestellen alle drei ein, Dana. Wir gehen einfach weiter voran. Irgendwann werden die Ausgrabungen schon ein Ende finden. Wie heißen denn die drei Bewerber?“

„Luigi, Xaver und Alfonso. Sie könnten zuhause in unserer Küche probekochen.“

„Gut. Lade als erstes Luigi ein. Dann Xaver und zuletzt Alfonso.“

„Ich schreibe ihnen sofort eine Nachricht. Und ich schreibe, dass sie Käsespätzle zubereiten sollen.“

Luigi

Der Koch packt in Danas Küche seine Messer und sein Schneidebrett aus. In seinem Rucksack hat Luigi auch die Zutaten dabei. Dann bittet er uns, die Küche zu verlassen. Er drückt sich sehr deutlich aus. „Luigi braucht keine Zuschauer beim Kochen."

Wir gehen ins Wohnzimmer. Nach gut einer Stunde serviert uns Luigi drei Teller. „Das ist eine italienische Spätzlepfanne. Das sind die besten Käsespätzle in ganz Regensburg."

Ich sehe zwischen den Spätzle Kirschtomaten und Babyspinat in einer Sahnesauce.

Dana probiert von dem Mahl und will es genauer wissen. „Welche Zutaten haben sie verwendet?"

„Luigi spricht niemals über Zutaten. Die Zutaten und die Gewürze sind Luigis Geheimnis."

Christian, Dana und ich schauen uns fragend an.

Ich kann mich mit dem Gedanken nicht anfreunden, einen Koch einzustellen, der die Rezepte vor uns und den Gästen unseres Restaurants geheim halten wird. Ich schüttle leicht den Kopf.

Dana versteht, was ich damit meine. „Ja, Herr Luigi, das Essen schmeckt, aber als Restaurantbetreiber können wir nicht akzeptieren, dass die Rezepte Top Secret sind. Wir müssten schon wissen, was sie da verarbeitet haben."

Luigi fängt jetzt an, sehr schnell auf Italienisch zu sprechen. Wir verstehen kein Wort. Dann packt er seine Sachen und ist weg. Das war ein schneller Abgang.

Xaver

Der zweite Koch, den wir zum Vorkochen eingeladen haben, schickt uns während des Kochens nicht aus der Küche. Wir dürfen ihm zuschauen, und offenherzig nennt er uns auch die Gewürze, die er verwendet. Beim Herstellen der Spätzle macht er eine ganz schöne Unordnung und manches landet auch auf dem Fußboden. Vom zeitlichen Aufwand braucht er etwa so lang wie Luigi. Xaver serviert uns drei Teller.

Wir probieren. Es schmeckt ziemlich genau so wie im Bischofshof. Es ist lecker. Aber es hat keine persönliche Note, die den Bischofshof übertrifft.

„Xaver, wir melden uns bei ihnen." Dana nickt ihm zu.

Er packt seine Messer ein und geht. Die Küche bleibt wie ein Schlachtfeld zurück.

„Sag mal, Richard, was hältst du von einem Koch, der seinen Arbeitsplatz nicht aufräumt?"

„Der Charakter eines Handwerkers zeigt sich besonders darin, wie er seinen Arbeitsplatz verlässt. Ich räume die Küche auf. Aber ich kann mir keine Zukunft mit Xaver vorstellen. Nicht nach dem Chaos, das er hier bei uns hinterlassen hat."

„Da stimme ich dir zu."

„Was haltet ihr von einer Küche, die zum Restaurant hin offen ist? Dann können die Gäste dem Koch beim Arbeiten zusehen."

„Das würde bei den Gästen Vertrauen wecken. Das finde ich gut." Christian stimmt mir mit einer Kopfbewegung zu.

Alfonso

Der letzte Koch, den wir einbestellen, bereitet in gut einer Stunde leckere Käsespätzle zu. Sie haben eine persönliche Note. Solch eine Mahlzeit habe ich noch nie gegessen. „Die Käsespätzle sind raffiniert. Was haben sie verwendet?"

„Ich habe zunächst einen Spätzleteig angefertigt. Dann habe ich im Rezept angebratene Birne, Zwiebel, Babyspinat und Petersilie, zudem geraspelten Bergjausenkäse, Kochsahne und Baconstreifen. Alles ist getoppt mit Schnittlauch und geraspeltem Hartkäse."

Dana und Christian schmeckt es sichtlich. „Das haben sie ganz wunderbar gekocht. Mit dieser raffinierten Mahlzeit setzen sie einen besonderen Akzent in Regensburg."

Ich interessiere mich für Alfonsos Hintergrund. „Was reizt sie daran, zu uns nach Regensburg zu kommen?"

„Ich arbeite im Moment in München. Es wäre für mich sehr schön, in der nördlichsten Stadt Italiens zu leben und zu arbeiten. Regensburg hat ein wunderbares Flair. Und die Neugestaltung eines Restaurants würde mir viel Freude bereiten."

Dana legt die Gabel zur Seite. „Was halten sie von einer Küche, die zum Restaurant hin offen ist?"

„Ich habe nichts zu verbergen. Ich finde eine offene Küche gut. Das schafft bei den Gästen Vertrauen."

Christian, Dana und ich sehen uns in die Augen. Wir haben unsere Entscheidung bereits getroffen.

Logopädie

„Nächste Woche beginnt wieder meine Arbeit an der Uniklinik."

„Ja, Dana, du kannst aber in Zukunft nicht gleichzeitig ein Hotel und Restaurant führen und weiter als Logopädin arbeiten."

„Du hast Recht. Wann denkst du, sollte ich meinen Dienst quittieren?"

„Sobald die Archäologen abgezogen sind und die Bauarbeiten fortgesetzt werden. Auch der Umbau und die Renovierung erfordern unsere ganze Aufmerksamkeit."

„Das ist wahr."

„Dana?"

„Ja, Richard?"

„Wir haben noch vier freie Tage. Wir könnten ein paar Flittertage erleben."

„Wohin magst du?"

„Wir könnten nach Salzburg."

„Hast du schon etwas gebucht?"

„Nein, ich wollte erst mit dir sprechen. Aber ich habe etwas im Auge. Wir könnten ins Hotel ‚Zur Blauen Gans' in der Korngasse. Und ich habe die Hoffnung, dass wir noch Karten für die Salzburger Festspiele bekommen. Die Wiener Philharmoniker gastieren zurzeit in Salzburg."

„Das wäre wundervoll. Von Herzen gern."

Salzburg

„Die Zugfahrt war schön.“ Dana greift nach ihrem Regenschirm.

Ich nehme den Koffer aus dem Gepäckfach. „Ja, und besonders das Mittagessen im Speisewagen hat geschmeckt.“

Der Zug hält an. Wir steigen aus und rufen uns sofort ein Taxi, das uns in die Korngasse fährt.

Dana ist von unserer Suite, die ich in der „Blauen Gans“ angemietet habe, ganz begeistert. „Das ist herrlich, Richard. Ich liebe dieses Zimmer.“

„Und ich liebe dich.“ Ich stelle den Koffer in der Garderobe ab und umarme sie.

In Salzburg regnet es. Bindfäden. Wir nehmen unseren Schirm. Wir laufen umso enger aneinandergeschmiegt durch die Straßen der schönen Stadt in Österreich. Unser Ziel ist die Festung Hohesalzburg, die die Stadt weithin sichtbar überragt.

„Heute Abend gehen wir in das Große Festspielhaus. Ich habe noch Karten im vorderen Parkett bekommen.“

„Was wird gegeben, Richard?“

„Ludwig van Beethovens neunte Sinfonie und auch zwei Ouvertüren.“

„Ich freue mich. Danke, dass du die Gestaltung dieser Reise in die Hand genommen hast.“

„Das sind unsere Flittertage. Die werden wir nie vergessen.“ Ich küsse Dana. Und ihre Lippen sind weich und warm.

Schlagzeile

Die Himmelsscheibe von Regensburg stellt alles in den Schatten, was bislang in Deutschland an astronomischen Artefakten gefunden wurde. Die ineinandergreifenden Kupferplatten lassen sich drehen und zeigen die Stellung der Sterne im Tages- und Jahreslauf. Nicht alle Funktionen der Himmelsscheibe haben sich den Wissenschaftlern bisher erschlossen.

Das Regensburger Artefakt übertrifft die Himmelsscheibe von Nebra an Alter und Funktionalität bei weitem. Es ist davon auszugehen, dass dieser Fund, den die Experten auf ein Alter von etwa 5000 Jahren datieren, sehr rasch in das UNESCO-Weltdokumentenerbe aufgenommen werden wird.

Der oberhalb der Himmelsscheibe gefundene Münzschatz mit zwei Skeletten scheint mit dem Fund der Himmelsscheibe in keinem Zusammenhang zu stehen. Die Archäologen sprechen hier von einem zufälligen Ereignis. Der Schatz mit rund eintausend Aureus-Münzen und auch die Skelette stammen aus der Römerzeit.

Mit dem gestrigen Tag wurden die Grabungsarbeiten im Keller des Gebäudes, das zu einem Hotel mit Restaurant umgebaut werden soll, abgeschlossen.

Die Himmelsscheibe von Regensburg wird schon sehr bald einen eigenen Ausstellungsraum im Haus der Bayerischen Geschichte erhalten.

Museum am Brückenkopf

Wir sind bereits im Zug auf der Rückreise nach Regensburg, als Danas Mobiltelefon läutet. „Das ist Herr Obermeier. Was der wohl will?“ Sie nimmt den Anruf entgegen und schaltet den Lautsprecher auf Mithören.

„Guten Tag, hier ist der Herr Obermeier. Ich habe einen interessanten Vorschlag für sie. Was halten sie davon, wenn wir den Pachtvertrag rückabwickeln? Ich würde ihnen sogar noch eine schöne Summe obendrauf zurückzahlen.“

Dana legt ihre Stirn in Falten. „Rückabwickeln? Wieso das?“

„Ich habe ein gutes Angebot, in meinem Juwel am Brückenkopf ein Museum einzurichten. Als Fundort der Himmelsscheibe von Regensburg würde das Haus zu einer echten internationalen Goldgrube werden.“

Dana und ich schauen uns an. Unsere Blicke sagen alles. Dana antwortet ganz in meinem Sinne. „Nee, Herr Obermeier. Der Pachtvertrag bleibt bestehen. Mein Mann und ich sind gegen eine Rückabwicklung. Liegt noch etwas an?“

„Nein. Schade. Überlegen sie es sich halt noch einmal.“

„Auf Wiederhören, Herr Obermeier.“ Dana beendet das Telefonat. „Der kommt ja auf Ideen.“ Sie schüttelt den Kopf.

„Der ist überall zur Stelle, wo er ein Geschäft wittert. Pacta sunt servanda. Verträge müssen eingehalten werden.“

„Das sehe ich auch so.“ Dana nimmt meine Hand. Wir nicken uns zu. Noch eine kurze Fahrt, und wir treffen zuhause ein.

Kellergewölbe

Vom Bahnhof nehmen wir mit unserem Trolley unmittelbar den Weg zu unserem Haus am Brückenkopf. Die Presseleute sind weg. Tadeusz' Lieferwagen steht vor dem Haus.

Ich deute auf sein Fahrzeug. „Ich glaube, Tadeusz und seine Leute arbeiten wieder. Lass uns in den Keller schauen."

Tadeusz grüßt uns freundlich. „Seit gestern sind wir wieder auf der Baustelle."

Die ausgehobene Grube im Keller ist beachtlich. Ich kann es kaum fassen. „Das muss alles wieder zugeschüttet werden."

„Kein Problem. Ich kümmere mich um alles."

Dana verzieht den Mund. „Sechs Wochen haben wir verloren. Und alles auf unsere Kosten."

Tadeusz blickt uns wechselweise in die Augen. „Da kann man nichts machen. Der Fund ging vor. Aber vielleicht könnt ihr mit der sensationellen Entdeckung ja später einmal Hotelgäste anlocken."

„Vielleicht." Ich atme tief durch.

„Lass uns nachhause gehen. Wir können hier ja im Moment nichts ausrichten." Dana zieht mich sanft zum Treppenaufgang.

„Bis dann, Tadeusz."

„Bis dann. Ich habe hier alles sicher im Griff. Habt keine Sorge."

Wir rufen für die Heimfahrt ein Taxi.

„Ich muss noch meine Arbeitsstelle kündigen, Richard."

„Ja. Wir machen das Schreiben gleich fertig, wenn wir zuhause sind. Und dann hast du den Kopf ganz frei für unser Projekt."

„Ich werde unsere Sprechstunden vermissen. Am liebsten mochte ich die interdisziplinäre Spaltsprechstunde. Da haben wir gemeinsam die Kinder mit Lippen-, Kiefer- und Gaumenspalten betreut."

„Deine Tätigkeit wird sich in unserem Haus am Brückenkopf komplett ändern."

„Ich kenne den Restaurantbetrieb schon aus dem Bischofshof. Ich bin gern für unsere Gäste da."

„Das ist gut. Ich hätte nicht gedacht, dass ich in meinem Leben noch einmal solch ein Abenteuer eingehe. Aber mit dir, Dana, packe ich das gern an."

„Dieser Obermeier ist ein echtes Schlitzohr. Ich hoffe, dass wir mit unserem Vermieter nicht noch irgendwelche bösen Überraschungen erleben."

„Das hoffe ich auch."

Post vom Gesundheitsamt

„Schau mal, Richard. Hier ist ein Brief für dich vom hiesigen Gesundheitsamt. Ist für die Gestaltung des Restaurants und der Küche nicht eher die Gewerbeaufsicht zuständig?“

„Das ist seltsam.“

„Mach den Brief doch einmal auf.“

Ich öffne und lese den Brief. Vor Erstaunen und Entsetzen murmele ich nur einzelne Worte aus dem Brief. „In der Betreuungsangelegenheit ... Auf Anordnung des Betreuungsrichters ... Laden wir sie zur amtsärztlichen Untersuchung in unsere Räume zur Erstellung eines Gutachtens.“

Dana versteht gar nicht, worum es geht.

Ich beginne erst langsam zu begreifen. „Meine Kinder haben beim zuständigen Betreuungsrichter einen Antrag auf Einrichtung einer Betreuung für mich gestellt.“

„Wozu das denn?“

„Meine Kinder sind der Ansicht, dass ich aufgrund einer fortgeschrittenen Demenz nicht mehr geschäftsfähig sei. Das haben sie dem Betreuungsrichter anhand eines unsinnigen Pachtvertrags und einer wahnwitzigen Geschäftsidee begründet.“

„Was? Deine eigenen Kinder?“

„Ich glaube sie fürchten um ihr Erbe.“

„Aber ein Erbe gibt es doch erst dann, wenn der Erblasser tot ist.“

„Und ich bin noch quicklebendig."

„Zu lebendig, um es genau zu sagen. Deine Kinder scheinen sich daran zu stören, dass du dein Leben noch einmal neu planst."

„Und vor allem, dass ich meine Finanzen noch einmal neu plane. Das hätte ich den dreien nicht zugetraut. Da scheinen sich meine Kinder ja einig zu sein."

„Was wirst du tun? Gehst du zum Termin, den das Gesundheitsamt vorschlägt?"

„Ich werde mich mit Christian besprechen. Vielleicht nehme ich ihn als Anwalt auch gleich zur Untersuchung mit."

„Glaubst du, unser Projekt ist in Gefahr?"

„Ich kann mehr sagen nach einer Unterredung mit Christian."

„Dann sagen sie mir doch einmal, welchen Wochentag und welches Datum wir heute haben."

„Wir haben Mittwoch, den 5. September."

„Sehr schön. Ich nenne ihnen jetzt drei Begriffe, die sie sich bitte merken. Banane, Laterne, Erdmännchen. Haben sie's?"

„Ja."

„Sehr schön. Und nun zeichnen sie doch bitte einmal eine Uhr. Hier sind Papier und Bleistift."

„Was für eine Uhr hätten sie denn gern? Eine digitale Uhr oder eine analoge?"

„Malen sie eine Uhr mit Ziffernblatt. Und malen sie die Zeiger zur aktuellen Uhrzeit."

Christian hat mir gesagt, ich soll jeder Frage und jeder Anordnung folgen. Widerspruch könnte als dementer Starrsinn gewertet werden. Ich male also eine Uhr mit dem kleinen Zeiger auf der Zehn und dem großen Zeiger auf der Zwölf. Ich drehe das Blatt zum Amtsarzt, damit die Uhr von seiner Sicht auch richtigherum steht. Nicht, dass mir noch nachgesagt wird, ich hätte die Uhrzeit falsch gemalt.

„Gut. Haben sie noch die drei Begriffe im Kopf?"

„Klar. Banane, Laterne … und …" Leck mich. Ich komme nicht auf den dritten Begriff.

„Das ist nicht schlimm. Sagen sie, fühlen sie eine höhere Macht?“

„Dann geben sie mir doch einmal ihre Hände.“

Der Amtsarzt stutzt. Dann hält er mir beide Hände hin, die ich sofort ergreife. Ich antworte. „Nein.“

„Nein was?“

„Nein, ich spüre keine höhere Macht.“

Der Amtsarzt schaut mich zweifelnd an.

Da fällt mir mit einem Mal der dritte Begriff ein. „Erdmännchen.“

Wieder stutzt der Amtsarzt. „Wie meinen sie das?“

„Na, der dritte Begriff. Nach Banane und Laterne kam das Erdmännchen.“

Der Amtsarzt schaut auf seinem Fragebogen nach. Dann nickt er nach einem kurzen Zögern. „Stimmt, ja, ähm. Erdmännchen. Genau. Wir wären dann durch. Ich schreibe mein Gutachten.“

„Wie geht es dann weiter?“

„Der Betreuungsrichter bekommt das Gutachten und lädt dann alle Beteiligten zu einer mündlichen Anhörung. Und ein Tipp von mir...“

„Ja?“

„Versuchen sie nicht, sich bei der mündlichen Anhörung fitter darzustellen, als sie wirklich sind. Das könnte der Betreuungsrichter schnell durchschauen.“

Warten

„In unserem Leben ist im Moment viel Geduld gefragt.“

„Wie meinst du das, Richard?“

„Wir warten darauf, dass Tadeusz die umfangreichen Umbauarbeiten fertigstellt. Und ich warte außerdem auf den Termin vor dem Betreuungsrichter.“

„Hast du Bedenken?“

„Ich bin enttäuscht. Meine Kinder haben mir kein Wort gesagt. Bis heute nicht.“

„Jetzt ist es vielleicht schon zu spät. Möglicherweise plagt deine Kinder jetzt das Gewissen. Du solltest Nachsicht üben.“

„Solange ich lebe, entscheide ich, was mit meinem Vermögen geschieht. Das Erbe verteile ich nicht, solange ich noch lebe und klar denken kann.“ Ich spüre einen Ärger in mir aufsteigen.

Da nimmt Dana meine Hand. „Wir werden den Termin vor dem Betreuungsrichter gemeinsam durchstehen. Und es wird auch wieder einen Weg zu deinen Kindern geben.“

„Das hoffe ich.“

„Wollen wir einen Spaziergang machen? Wir könnten den schönen Weg entlang des Donaunebenarms laufen.“

„Ja. Frische Luft wird mir guttun. Lass uns losgehen.“

„Richard?“

„Ja?“

„Hast du eigentlich immer noch deine Medikamente gegen die Arrhythmie bei dir?"

„Nein. An die zwei Tabletten Propanolol habe ich seit unserem Ausflug zur Walhalla nicht mehr gedacht."

„Hattest du keine Probleme mehr mit dem Herzen?"

„Nein. Jetzt, da du mich darauf hin ansprichst, fällt es mir auch auf. Mein Herz schlägt wieder rein und regelmäßig."

„Ist das nicht ein Grund zur Freude? Ich glaube, ich tue dir gut."

„Das glaube ich auch, Dana." Wir spazieren den stillen Nebenarm der Donau entlang. Es ist ein schöner, angenehmer Tag im Spätherbst. Dana hat sich bei mir eingehakt. Ich bleibe stehen, nehme sie in meine Arme und küsse sie mit der Leidenschaft eines Teenagers. Ich fühle mich tatsächlich wieder jung und schwer verliebt. Wer hätte das gedacht, als ich mit Christian vor einem halben Jahr für einen Städtetrip nach Regensburg zurückkehrte? „Ich habe das Gefühl, unser Leben liegt ganz neu vor uns."

„Alles fügt sich gut. Ich glaube, das ist jetzt die glücklichste Zeit meines Lebens. Und unser Traum vom gemeinsamen Hotel und Restaurant wird bald wahr."

„Wir müssen Alfonso noch zusagen. Er war klar unser Favorit."

„Das stimmt. Rufst du ihn an?"

„Ja. Am besten tue ich das sofort." Ich greife zu meinem Mobiltelefon. „Guten Tag, Alfonso. Wir wollten uns schon längst bei ihnen gemeldet haben. Es sieht so aus, als würde unser Hotel und unser Restaurant schon vor Weihnachten öffnen. Wir freuen uns, wenn sie als unser Küchenchef dabei sind."

In Alfonsos Stimme klingt die Freude mit. „Ich komme gern zu ihnen an Bord. Dann werde ich meine Stelle in München zum Ende November kündigen?"

„Ja. Ich sage ihnen hiermit die Beschäftigung bei uns ab dem 1. Dezember zu. Sie haben mein Wort."

„Ich habe noch eine Bitte."

„Ja, Alfonso?"

„Duzen wir uns bitte. Dann geht mir die Arbeit leichter von der Hand."

Dana lacht. „Das können wir gern so halten."

Sie beendet das Gespräch und nickt mir zu. Jetzt müssen wir nur noch diesen leidigen Termin vor dem Betreuungsrichter hinter uns bekommen.

Der Termin

„Nehmen sie bitte wieder Platz." Der Betreuungsrichter schaut kurz in die Runde, nachdem er den Sitzungssaal betreten hat. Nachdem er meine Personalien erfragt hat, ermuntert er mich, aus meinem Leben zu erzählen. „Sie haben also ganz spontan ihr Leben neu geordnet, wie ich in ihrer Akte lese. Lassen sie uns doch einmal an ihren Entscheidungen der letzten Wochen und Monate teilnehmen."

Jetzt wird es psychologisch. Ich darf auf keinen Fall etwas Falsches sagen, sonst hängt man mir doch noch eine Betreuung an. Ich fühle mich nervös. Doch ich beginne, so gut ich kann. „Ich habe hier in Regensburg meine Jugendliebe wiedergetroffen. Es war, als ich ein Teenager war, Liebe auf den ersten Blick. Und es war jetzt, als wir uns wiedersahen, auch Liebe auf den zweiten Blick. Wenn das Glück vor einem liegt, dann muss man es doch mit beiden Händen packen. Als meine Eva vor drei Jahren starb, dachte ich, mein Leben gehe auch zu Ende. Dass mich das Wiedersehen mit Dana so sehr bewegt, hätte ich nicht geahnt."

Leon, mein Sohn, fällt mir ins Wort. „Diese Frau hat sich meinen Vater geangelt, um ihre geschäftlichen Pläne durchzusetzen. Das durchschaut doch jeder." Leon schaut erregt.

Ich blicke zum Richter und sage nichts. Ich lasse mich einfach nicht aus der Ruhe bringen. Wenn der Richter eine Antwort von mir auf Leons Einwurf haben will, dann wird er das schon selbst sagen.

Aber der Richter geht auf Leon gar nicht ein. „Ist es nicht erstaunlich, dass sie als Zahnarzt und ihre Frau als Logopädin ein Hotel und ein Restaurant eröffnen möchten? Das ist doch – auch in Anbetracht ihres Alters – ein ganz außerordentliches finanzielles Abenteuer, das sie da eingehen?“

„In welchem Alter würden sie denn das Risiko als kleiner erachten?“ Ich kenne mich selbst gar nicht so schlagfertig. Aber diese Frage drängt sich einem ja förmlich auf. Gibt es ein Alter, ab dem man keine Abenteuer mehr eingehen darf?

Wieder mischt sich Leon ein. „Mein Vater meint, weil das Hotel am Brückenkopf stehen wird, sei er sachkundig genug, um es mit dieser Frau zu leiten.“

Der Richter versteht meinen Sohn nicht.

Da setzt Leon nach. „Na, Brücke und Zahnarzt, verstehen sie?“

Ich schalte mich ein. „Das Geld verdient man als Zahnarzt heute mit Implantaten, nicht mehr mit Brücken.“

Leons Ohren werden so rot wie die Krawatte, die er trägt. „Wie auch immer. Mein Vater muss vor dieser Frau und vor sich geschützt werden. Das sieht doch jeder, dass er in seinen Ruin läuft. Wer bewahrt meinen Vater vor sich selbst? Das ist der dümmste Plan, den zwei alte Menschen je miteinander ausgemacht haben. Mein Vater braucht dringend eine Betreuung.“

„Und die willst du für mich übernehmen, verstehe ich das richtig?“ Ich schaue Leon direkt an.

„Ich bin bereit, dir zu helfen, wenn es dir nicht gut geht. Und dir geht es nicht gut mit dieser Frau und ihren absonderlichen Ideen.“ Leon greift nervös zum Knoten seiner Krawatte und rückt ihn zurecht.

Eigentlich tut es mir um meinen Sohn sehr leid. Er hat sich vollkommen verrannt.

Der Betreuungsrichter lächelt. Ich schätze ihn zehn Jahre jünger als mich ein. Er fängt an, im amtsärztlichen Gutachten zu blättern. Zu gern würde ich wissen, was da drinsteht.

Leon schaltet sich wieder ein. „Mein Vater war ein Leben lang ein grundsolider Mensch. Sein Wesen hat sich in den letzten Monaten vollkommen gewandelt. Wir kennen ihn kaum noch wieder."

Jana, meine mittlere Tochter erwidert meinem Sohn. „Kann eine neue Liebe nicht ein Leben noch einmal ganz neu ordnen? Was ist daran falsch?"

„Ach, sei du doch ganz still." Leons Kopf ist hoch rot.

Der Richter bleibt die Ruhe selbst. Er legt das amtsärztliche Gutachten zur Seite.

Da spricht Anneliese, meine jüngste Tochter. „Verzeih bitte, Papa. Wir haben nicht recht gehandelt." Sie weint.

Ich beiße mir auf die Lippen und nicke ihr freundlich zu. Anneliese hatte immer schon ein zartes Gewissen.

Der Betreuungsrichter räuspert sich. Er blickt zu meinen drei Kindern. Dann ergreift er wieder das Wort. „Ja, also für mich gibt es hier nichts weiter zu verhandeln. Anhand des Gutachtens und auch anhand des persönlichen Gesprächs mit ihrem Vater, finde ich keinen Anhaltspunkt, der eine richterlich angeordnete Betreuung rechtfertigen würde. Und wenn ich ihnen noch einen Ratschlag mit auf den Weg geben darf..." – Der Richter schaut über den Rand seiner Brille – „...sprechen sie in ihrer Familie mehr miteinander."

Man sieht Leon an, dass er nur schwer die Ruhe bewahren kann. Als der Richter die Akte schließt, eilt er aus dem Sitzungssaal.

Anneliese steht auf und kommt zu mir. „Ich habe dich lieb, Papa. Bitte verzeih uns." Ich stehe auf, und wir nehmen uns in die Arme. Jana folgt meiner Jüngsten und umarmt mich auch.

„Kommt ihr zur Eröffnung unseres Hauses? Am 1. Dezember geht es los. Es wäre mir eine Freude, wenn ihr kommt. Auch Leon. Sagt ihm das bitte."

Dana nimmt meine Hand. „Vielleicht sagst du ihm das besser selbst. Dann hat er es aus erster Hand."

Ich ziehe die Augenbrauen nach oben. „Du hast Recht, Dana. Ich werde ihn anrufen."

„Also, ich bin am 1. Dezember da. Jana, du auch?" Anneliese schaut ihre Schwester an.

Dana lächelt. „Ihr bekommt ein wundervolles Zimmer mit Blick auf die Steinerne Brücke. Und für Leon reservieren wir die Suite."

„Die Suite?" Meine Töchter schauen interessiert.

„Ja. Zimmer 13 ist das größte Zimmer, und wir nennen es die ‚Suite'."

„Papa, du bist uns nicht mehr böse?" Jana und Anneliese schauen mir in die Augen.

„Nein. Das bin ich nicht. Ich verstehe, dass die vielen neuen Entscheidungen, die ich in den letzten Monaten getroffen habe, euch irritiert haben. Ich will einfach nicht schon zum alten Eisen gehören. Ich fühle mich mit Dana an meiner Seite noch einmal ganz jung, lebendig und froh."

„Das ist gut, Papa."

Wir verlassen gemeinsam das Gerichtsgebäude. Von Leon ist weit und breit nichts zu sehen.

Vergebens

„Ich habe mir jetzt schon die Finger wund gewählt. Leon geht einfach nicht an sein Mobiltelefon.“ Ich lege mein Smartphone zur Seite.

Dana hält inne. „Vielleicht musst du ihm mehr Zeit lassen.“

„Leon tut sich selbst weh, wenn er jetzt bitter ist. Es tut mir so leid um ihn. Ich möchte, dass in unserer Familie nicht Habsucht und Gier, sondern die Liebe und das Verständnis füreinander siegen.“

„Du hast Sehnsucht nach Harmonie.“

„Ich möchte meinem Sohn nicht fremd sein. Aber ich möchte mich auch nicht von meiner Familie festlegen lassen, wie ich zu leben habe. Verstehst du mich? Es gehen so viele Gedanken in meinem Kopf um.“

„Und was ist, wenn du ihm einen Brief schreibst? Vielleicht fällt es ihm leichter, wenn er nicht am Telefon sofort auf das, was du sagst, antworten muss, sondern in Ruhe alles lesen kann, ohne spontan reagieren zu müssen.“

„Ich schreibe ihm einen Brief. Das ist eine gute Idee. Ich schreibe den Brief jetzt gleich. Es darf zwischen uns einfach nicht so bleiben, wie es jetzt ist. Ich will alles dafür tun, dass sich die ganze Geschichte zwischen uns wieder zum Guten wendet.“

„Ich verstehe dich, Richard.“

Ich nehme das Schreibzeug aus der Schublade. Wie fange ich den Brief an?“

Der Brief

Lieber Leon,

von Herzen gern möchte ich dich zu unserer Hoteleröffnung nach Regensburg einladen. Ich würde mich unendlich freuen, wenn wir uns wiedersehen und wir wieder miteinander reden.

Besonders schön wäre es auch, wenn du Dana besser kennenlernen würdest. Ich weiß, es ist nicht einfach für einen Sohn, wenn der Vater sich nach dem Tod der Mutter neu bindet. Aber glaube mir, für mich ist es so das Beste. Ich fühlte mich in den letzten drei Jahren wie lebendig begraben. Es war, als sei ich zusammen mit deiner Mutti gestorben. Und ein Teil von mir ist ja auch wirklich mit ihr gegangen.

Aber ich musste auch einen Weg finden, auf dem ich weitergehen kann. Dana wiederzutreffen – nach all den langen Jahren – ist ein besonderes Glück für mich. Es wäre wunderbar, wenn du an diesem Glück teilnehmen könntest.

Bitte erfülle mir diesen Herzenswunsch, am 1. Dezember mit uns gemeinsam das neue Haus am Brückenkopf einzuweihen.

Viele liebe Grüße,
Dein Papa

Besichtigung

Die Handwerker packen die letzten Werkzeuge zusammen. Tadeusz führt uns unterdessen durch das Hotel und zeigt Christian, Dana und mir, was er mit seinen Leuten in den letzten Monaten geleistet hat. „Was sagt ihr zu dem Haus? Dreizehn wundervolle Doppelzimmer mit Duschbad. Ein helles, freundliches Restaurant mit Außenterrasse und eine zum Restaurant hin offene Küche."

„Phantastisch, Tadeusz. So habe ich mir das alles vorgestellt. Du hast unsere Pläne mit viel Geschick umgesetzt." Dana steht die Begeisterung ins Gesicht geschrieben.

Christian nickt anerkennend in die Runde.

Auch ich finde alles sehr ansprechend gestaltet.

„Übermorgen kommen die Möbel. Und die Bilder für die Wände. So wird alles sehr wohnlich werden." Dana ist sichtlich in ihrem Element.

Ich denke an unseren Koch. „Wir müssen Alfonso noch alles zeigen. Hat er schon das Kochgeschirr bestellt?"

Dana beißt sich auf die Lippen. „Ich wusste doch, dass ich etwas vergessen habe. Alfonso fängt am Eröffnungstag bei uns an. Das ist zu spät. Das war von mir zu kurz gedacht. Es fehlt nicht nur das Kochgeschirr. Es fehlen auch das Geschirr und das Besteck für die Gäste."

„Bevor du irgendetwas kaufst, solltest du dich mit Alfonso in Verbindung setzen. Du musst hören, welche Vorstellungen er hat."

„Das ist wahr. Ich rufe ihn gleich an."

Tadeusz schaut uns an. „Ja. Ich würde dann die Rechnung für die Renovierung fertigmachen und den Restbetrag mit der Anzahlung, die ihr schon geleistet habt, abgleichen."

„Ja. Natürlich." Christian reicht Tadeusz dankend die Hand.

Unterdessen telefoniert Dana schon mit Alfonso.

Hoffentlich geht unser Eröffnungstermin nicht in die Hose. Haben wir wirklich alles im Griff? Da kommt mir eine Frage. „Sind denn die Zutaten, die Alfonso zum Kochen braucht, schon bestellt?"

Dana fragt bei Alfonso nach, was zum 1. Dezember an Essen eingekauft werden soll. Sie hört, was er antwortet. Dann schaut sie mich an. „Alfonso sagt, am ersten Abend gibt es seine Käsespätzle für alle. Er wird eine Menükarte zusammenstellen und nach dem Wochenende vom 1. auf den 2. Dezember alles in Ruhe im Großmarkt einkaufen gehen."

„Es war ein Fehler, den Chefkoch nicht schon eine Woche vor der Eröffnung einzustellen. Jetzt ist alles ganz knapp." Ich schüttele den Kopf.

Christian schaltet sich ein. „Machen wir jetzt das Beste aus allem."

Dana und ich nicken. Christian hat Recht.

Letzte Vorbereitungen

„Sie haben im Großhandel einfach kein passendes Geschirr." Dana schüttelt den Kopf.

Ich reibe mein Kinn. „Und was ist, wenn wir vorläufig Pappteller nehmen?"

„Das ist nicht dein Ernst, Richard. Das ist nicht ökologisch und auch nicht nachhaltig. Auf keinen Fall lasse ich mich auf Pappteller ein."

„Na gut. Wollen wir in München nach Geschirr suchen, wenn wir hier keins finden?"

„Vielleicht bleibt uns tatsächlich nichts anderes übrig." Dana sieht nachdenklich aus. Dann nickt sie. „Ja. Machen wir uns auf den Weg."

„Und die Möbel?"

„Um die Möbellieferung und den Aufbau kann sich doch Christian kümmern."

„Vielleicht wächst uns der Eröffnungstag doch noch über den Kopf." Mir wird mulmig. „Wieviel Geschirr brauchen wir eigentlich?"

Dana zuckt mit den Achseln.

„Rufen wir doch einfach Alfonso an. Vielleicht kann er uns in München das passende Geschirr besorgen. Er hat den Vorteil, dass er schon in München vor Ort ist."

„Das ist eine gute Idee. Ich rufe ihn gleich an." Dana wählt Alfonsos Nummer auf ihrem Mobiltelefon. „Hallo, Alfonso. Wir brauchen dringend Geschirr und Besteck. Welche Menge sollten wir da kaufen? ... Das dreifache von der Anzahl der Sitzplätze im Restaurant? ... Aha. Wir finden hier in Regensburg im Großhandel nichts Passendes. Kannst du in München bei einem Händler alles aussuchen und nach Regensburg schicken lassen? ... Als Expresslieferung? ... Ja, das müssen wir dann so machen. Ich danke dir. Ciao." Dana beendet das Gespräch.

Jetzt beginnt die ganze Sache, etwas chaotisch zu werden. „Glaubst du, wir haben alles noch im Griff? Vielleicht hatte Leon doch Recht."

Dana schüttelt den Kopf. „Nee, du. Das bekommen wir schon noch hin. Wir wachsen an unseren Aufgaben. Ich merke immer, dass ich während der Anforderungen förmlich aufblühe."

„Na gut. Und dann sind wir heute auch hier vor Ort, wenn die Möbel geliefert und aufgebaut werden."

„Hängst du mit Tadeusz die Bilder auf?"

„Ja. Aber erst sollten die Möbel am richtigen Platz stehen. Die Bilder kommen zuletzt."

Dana nickt.

Haben wir uns doch mit dem Projekt übernommen? Im Moment sind bei mir alle romantischen Gefühle vorbei. Ich habe mir das mit dem Hotel ganz beschaulich vorgestellt. Mehr und mehr ahne ich, dass das eine richtig schwere Arbeit wird.

Endspurt

„Oh, da geht mir auf, wir haben noch etwas vergessen.“ Tadeusz legt die Bohrmaschine zur Seite.

Ich schaue ihn mit leichtem Entsetzen an. „Was denn?“

„Rauchmelder. Wir brauchen in allen Zimmern Rauchmelder.“

„Kannst du dich darum noch kümmern?“

„Ja. Ich schicke einen meiner Mitarbeiter zum Baumarkt. Und dann hängen wir die heute noch in allen Zimmern an die Decke.“

Mir kommt die Idee, einen Leitfaden für die Eröffnung eines Hotels zu schreiben, um zukünftige Generationen vor den Hürden eines solchen Unternehmens zu warnen. Doch anstatt mich diesem Gedanken vollkommen hingeben zu können, höre ich Christian kommen. Er ist ganz außer Atem. „Der Kühlschrank für die Getränke funktioniert nicht. Er kühlt nicht. Und Licht hat er auch nicht. Der Großhandel sagt, er kann uns bis morgen kein Ersatzgerät liefern. Sie haben keins vorrätig.“

„Was machen wir da? Wir brauchen auch gekühlte Getränke. Lass uns mit Dana sprechen.“ Ich rufe sie.

Dana ist sofort zur Stelle. „Unsere Tiefkühltruhe funktioniert doch. Wir machen Eiswürfel und legen die Flaschen in ein Eiswürfelbad.“

Christian schaut voller Bedenken in die Runde. „Wirklich?“

„Hast du eine bessere Idee?“

„Nein. Wir machen das so mit dem Eiswürfelbad." Christian wirkt jetzt doch überzeugt.

Es sieht auch nicht so aus, als hätten wir eine andere Wahl. Jetzt darf nichts mehr schief gehen. Morgen früh werde ich mit Alfonso im Großmarkt die Lebensmittel einkaufen gehen. Und am Abend eröffnen wir dann das Restaurant. „Dana?"

„Ja?"

„Haben wir außer unseren Kindern schon eine Hotelreservierung?"

„Nein, niemanden. Unser Hotel ist auf der Internetseite des Buchungsportals auch noch nicht online. Man hatte mir eigentlich versprochen, dass wir ab dem 30. November im Portal verfügbar sind. Ich habe eben noch einmal geschaut. Nichts."

„Dann gehen wir es eben ruhig an."

Es läutet an der Rezeption. Dana geht sofort zum Empfang. In großen Kartons werden das Geschirr und das Besteck geliefert. Ich hoffe, Alfonso hat das gut ausgesucht.

Christian, Dana und ich öffnen neugierig die Pakete. Das Geschirr ist schlicht weiß. Ohne Schnörkel.

„Ich finde, Alfonso hat das gut ausgesucht."

„Und das Besteck?"

„Auch das ist in einem schlichten Stil. Ich bin zufrieden." Dana schaut Christian und mich an.

Morgen kommt der 1. Dezember. Und ich fühle mich aufgeregt.

Der Eröffnungsabend

„Papa, unser Zimmer ist wundervoll.“ Anneliese schmiegt sich an mich.

Jana bekräftigt das Lob ihrer Schwester. „Der Ausblick ist phantastisch. Und alles ist so frisch und neu renoviert. Alles ist euch gut gelungen.“

Ich lächele. „Und jetzt könnt ihr ein gelungenes Abendessen erleben. Alfonso macht heute Käsespätzle für alle Gäste.“

„Ist das nicht ein bisschen einfach, wenn man bedenkt, dass Alfonso ein Sternekoch in München war?“

„Diese Meinung wirst du sofort überdenken, wenn du seine raffinierten Käsespätzle gegessen hast.“

Jana und Anneliese ziehen mich ins Restaurant. Aber ich winke ab. „Esst schon einmal ohne mich. Ich warte noch auf Leon.“

„Na gut, Papa.“

Es kommen immer mehr Gäste. Es scheint sich herumgesprochen zu haben, dass es heute gratis Käsespätzle für alle gibt. Es ist nur noch ein Tisch frei. Da sehe ich, dass Christian dabei ist, eine Frau hinauszugeleiten. Was ist da los? Ich gehe mal schauen. „Christian? Warum lässt du die Frau nicht hinein?“

„Sie bettelt. Das könnte unsere Gäste verstören.“

„Ich glaube, es könnte unsere Gäste noch viel mehr verstören, wenn wir sie unbarmherzig fortschicken. Du musst zugeben, dass es ungerecht wäre, nur jenen Kunden eine Mahlzeit zu schenken, die sich auch andernorts ein Essen leisten könnten, und die, die wirklich bedürftig sind, abzuweisen. Ich gründe hier kein Restaurant in Regensburg, um so ungerecht zu handeln."

„Du willst ein alternatives Restaurant? Darüber haben wir noch nie gesprochen. Ich meine, über so etwas muss man doch miteinander sprechen. Schließlich steckt auch mein Kapital in diesem Haus, Richard."

Die arme Frau bleibt im Eingang des Restaurants stehen.

Unterdessen bekommt auch Dana unsere Diskussion mit. „Alternativ. Ja. Wir sind ein alternatives Haus."

Christian stemmt die Arme in die Seite. „Wenn wir jetzt die Sitten einreißen lassen, haben wir bald ein ganzes Rudel hungernder Mittelloser hier."

„Rudel? Rudel? Tiere bilden Rudel. Nicht Menschen. Achte bitte auf deine Sprache." Dana drückt sich sehr unmissverständlich aus. Dann leitet sie die Frau an den letzten freien Tisch und serviert ihr Alfonsos gute Käsespätzle mit gebratenem Bacon und Birne. „Was möchten sie trinken?"

Die Frau ist ganz erstaunt, so freundlich bedient zu werden. „Bitte ein Wasser. Tausend Dank."

Christian nimmt mich zur Seite. „Also, über diese Aktion werden wir uns in Ruhe noch einmal unterhalten müssen. Wenn wir gewinnorientiert wirtschaften wollen, dann müssen wir hier ein Konzept für solche Fälle entwickeln."

Ich schüttele meinen Kopf. „Dana und ich sind nicht auf finanziellen Gewinn aus. Wir wollen hier mit Liebe und Wärme eine Oase in Regensburg schaffen, in der sich Menschen wohlfühlen.

Das ist unsere einzige Gewinnorientierung. Die Menschen, denen wir dienen, sind unser Gewinn."

Dana kommt noch einmal zu uns. „Brich dem Hungrigen dein Brot. Alsdann wird dein Licht hervorbrechen wie die Morgenröte."

Christian blickt Dana erstaunt an. „Woher hast du das?"

„Das ist aus dem Buch Jesaja." Dana tritt wieder ab und bedient die Gäste.

Ich folge ihr. „Hat Leon schon eingecheckt?"

„Nein. Und es wird immer später. Willst du nicht mit deinen Töchtern essen?"

„Nein. Ich warte, bis Leon da ist. Ich esse nicht ohne ihn."

Dana zieht die Augenbrauen nach oben. „Dann könntest du heute Abend eventuell hungrig bleiben."

Ich weiß nicht, wohin mit mir. Ich gehe einfach zu Alfonso in die Küche. Der brät weiter in großen Pfannen frische Eierspätzle, Bacon und Birnen. Der Bergjausenkäse ist nicht zu vergessen. Alfonso wendet sich mir zu. „Übermorgen stelle ich eine Karte zusammen und gehe dann einkaufen. Ab Montag kann man bei uns à la carte essen." Alfonso scheint in seinem Element zu sein.

Christian folgt mir in die Küche. „Morgen müssen wir noch einmal intensiv miteinander sprechen. Ich kann das nicht hinnehmen, dass wir unser Kapital so einfach verschenken. Ich will ein Gespräch mit dir und Dana. Wir müssen unsere Ziele definieren."

Ich schaue ihn an. Dass Leon noch nicht eingetroffen ist, bewegt mich weitaus mehr.

Der neue Morgen

„Dana? Wir haben außer Jana und Anneliese noch weitere Hotelgäste?“

„Ja. Ein Paar und ein einzelner Gast haben gestern Abend bei uns noch eingecheckt. Sie sind auf Durchreise und aßen gestern auf unserem Eröffnungsabend. Es hat ihnen so gut gefallen, dass sie gleich bei uns eine Nacht gebucht haben.“

„Phantastisch.“

„Bist du noch enttäuscht, dass Leon nicht gekommen ist?“

„Er hätte mir zumindest absagen können. Immerhin haben wir die Suite für ihn reserviert. Ich meine wirklich, eine Absage wäre das mindeste gewesen.“

„Sprich mit ihm.“

„Er reagiert nicht auf Anrufe. Auch meinen Brief hat er ignoriert.“

„Dann fahre mit deinen Töchtern zurück nach Frankfurt und sprich persönlich mit ihm.“

„Ist das nicht zu aufdringlich? Ich will nicht, dass er sich bedrängt fühlt.“

„Du bist sein Vater. Es tut euch beiden nicht gut, wenn eure Beziehung zueinander belastet ist.“

Ich denke nach. Vielleicht sollte ich erst einmal frühstücken und dann, nach einer Tasse Kaffee, in Ruhe noch einmal über alles nachdenken. „Ich würde gern im Restaurant frühstücken. Ist das in Ordnung?“

„Na klar, Richard. Ich bringe dir das Frühstück. Ich habe schon alles vorbereitet. Die anderen Gäste sind auch schon im Restaurant."

Ich gehe zum Frühstück. Jana und Anneliese, das Paar und ein älterer Herr sitzen bereits zu Tisch. Meine Töchter winken mir zu. Ich grüße alle Gäste im Restaurant und gehe dann zu Jana und Anneliese.

„Guten Morgen, Papa", sagen die beiden.

Ich lächele sie an und setze mich zu ihnen. „Jetzt habe ich guten Hunger. Nachdem ich gestern Abend nicht gegessen habe, bin ich jetzt umso hungriger."

Anneliese greift nach meinem Arm und flüstert mir zu. „Schau mal, Papa. Der Mann, der da drüben allein sitzt, sieht sehr traurig aus. Das tut mir so leid. Was können wir tun?"

Ich reibe mein Kinn. Ich könnte mich zu ihm setzen. Aber vielleicht will er das gar nicht. Er sieht wirklich sehr niedergeschlagen aus. Ich mache es. „Ich setze mich zu ihm, wenn ihr erlaubt."

Meine Töchter sind einverstanden.

Ich gehe zu ihm. „Guten Morgen. Darf ich ihnen Gesellschaft leisten?"

Der Mann nickt.

Ich nehme den Stuhl, der ihm gegenüber am Tisch steht. „Ich bin Richard. Ich bin einer der drei Inhaber dieses Hotels."

„Ich bin Uwe-Karsten. Angenehm. Sie hatten gestern einen gelungenen Eröffnungsabend. Respekt. Und ihre Käsespätzle waren grandios.“

„Das werde ich an Alfonso weitergeben. Ich bin glücklich, wenn sie sich bei uns wohlfühlen.“

Uwe-Karsten schenkt sich aus dem Kännchen Kaffee nach. Unterdessen serviert Dana auch mir das Frühstück. Unser Gast schweigt.

„Ich will ihnen nicht zu nah treten. Aber sie sehen sehr niedergeschlagen aus. Kann ich etwas für sie tun?“

„Ich fühle mich tatsächlich in letzter Zeit sehr niedergeschlagen. Mir geht meine Arbeit nicht mehr gut von der Hand. Ich fühle mich total blockiert.“

„Welcher Arbeit gehen sie denn nach?“

Uwe-Karsten schweigt. Und trinkt seinen Kaffee.

„Ich wollte ihnen nicht zu nah treten. Entschuldigen sie bitte.“

„Passt schon.“ Uwe-Karsten bleibt geheimnisvoll. Wir essen gemeinsam.

Nach einer Weile kommen meine Töchter an unseren Tisch. „Papa, wir machen uns bald auf den Heimweg nach Frankfurt. Wir wollen uns noch verabschieden.“

„Ich habe mich entschlossen, mit euch zu kommen.“

„Wie?“

„Ja. Ich möchte mit Leon sprechen. So kann es nicht weitergehen. Wir fahren zusammen mit dem Intercity Express nach Frankfurt."

Jana und Anneliese lächeln. „Das ist eine wunderbare Idee, Papa. Wir gehen auf unser Zimmer und packen schon einmal unsere Sachen."

Uwe-Karsten schaut mich an. „Sie wollen sich mit ihrem Sohn aussprechen?"

„Ja. Wir haben Stress miteinander. Leon wollte nicht, dass ich mich mit meiner Frau in dieses Hotelabenteuer stürze."

„Ich mag ihr Haus. Hier ist alles so anders. Das habe ich schon gestern gemerkt, als sie die bettelnde Frau nicht abgewiesen haben. Das gefiel mir."

Ich nicke.

Uwe-Karsten setzt nach. „Ich wünsche ihnen alles Gute für das Gespräch mit ihrem Sohn."

„Danke. Ich hoffe, es wird gut. Die Sache belastet mich sehr. Er war gestern zur Eröffnung eingeladen und ist unentschuldigt nicht erschienen. Wir hatten das beste Zimmer für ihn reserviert. Und das Zimmer blieb heute Nacht leer. Das tut mir leid."

Kurz darauf kommen meine Töchter mit ihrem Gepäck.

Ich wende mich zu Uwe-Karsten. „Ich verabschiede mich von ihnen. Es war schön, mit ihnen zu sprechen."

„Ja, es war für mich auch schön." Mir scheint, ein kurzes Lächeln spielt um seine Mundwinkel und die Fältchen an seinen Augen.

Im Zug nach Frankfurt

„Wir sind schon lange nicht mehr gemeinsam Zug gefahren, Papa.“

„Ja, das ist wahr.“

„Wir wünschen dir eine glückliche Hand für das Gespräch mit Leon.“

„Das werde ich brauchen. Ich hoffe, ich treffe ihn zuhause an.“

„Es ist Sonntag. Du wirst ihn bestimmt antreffen, Papa.“

Mein Mobiltelefon klingelt. Das ist Dana. Ich nehme das Gespräch entgegen. „Dana? Was gibt es? ... U.-K. Meersburg? Nie gehört. Wer soll das sein? ... Bis zum Neujahrstag? ... Die Suite? Nicht schlecht. Das sind ja gute Nachrichten. Ich melde mich bei dir, sobald wir in Frankfurt sind. Bis später, Dana.“ Ich beende das Gespräch und schaue Jana und Anneliese an. „Kennt ihr einen U.-K. Meersburg?“

Jana zieht die Augenbrauen vielsagend nach oben. „Na klar. Du kennst dich mal wieder nicht aus, Papa.“

„Kannst du mich aufklären?“

Jetzt spricht Anneliese. „U.-K. Meersburg ist ein bekannter Schriftsteller. Keiner weiß, wofür U.-K. steht. Manche witzen, es stehe für ‚unbekannt‘, weil man so gut wie nichts über ihn weiß.“

„Ich habe seinen neuen Roman ‚Berliner Weiße mit Schuss‘ gelesen. Das ist eine Mischung aus Krimi und Liebesgeschichte.“

„Und der Schuss?“

„Kam aus einem Revolver."

„Mich schaudert. Ich mag keine Geschichten, in denen gemordet wird."

„Ach, Papa. Das ist doch nur ein Roman. Und am Ende geht alles gut aus. Der Schuss trifft nämlich eine Flasche mit hochprozentigem Alkohol, die in tausend Scherben zerbirst."

„Klingt etwas verworren."

„Nee, du. Das klingt nach einem Bestseller. Der Mann schwört dem Alkohol ab und beginnt ein neues Leben mit seiner großen Liebe."

„Wie auch immer. U.-K. Meersburg hat gestern bei uns eingecheckt und hat die Suite bis Neujahr gebucht."

„Du machst Witze." Meine Töchter schauen sich an. „Bist du wirklich sicher?"

„Dana hat es mir eben am Telefon gesagt."

Mit großen Augen schaut mich Anneliese an. „Wofür steht U.-K.? Kennt Dana die Vornamen von ihm?"

„Keine Ahnung."

„Sagst du uns seine Vornamen, sobald du sie kennst?"

„Ja." Ich verdrehe die Augen. „Ich kann diese Begeisterung für diesen Schriftsteller gar nicht nachvollziehen."

„Wenn man ausschließlich die Zahnärztlichen Mitteilungen liest, dann fehlt halt was." Jana kichert. Unterdessen fährt unser Zug in den Frankfurter Hauptbahnhof ein.

Leon

Meine Hand zittert ein wenig, während ich den Klingelknopf drücke.

„Ja, bitte?“ tönt es aus dem Lautsprecher.

„Hier ist Papa. Darf ich raufkommen?“

Das nächste Geräusch, das ich höre, ist das Surren des Türöffners. Ich gehe das Treppenhaus nach oben.

Er steht bereits in der geöffneten Tür zu seiner Wohnung. „Papa? Bist du extra zu mir nach Frankfurt gefahren?“

„Ja, mein Junge. Ich möchte mich mit dir aussprechen. Es belastet mich, dass wir uns nicht mehr verstehen. Ich hatte so sehr gehofft, dass du meine Einladung nach Regensburg annimmst.“

„Komm rein. Das wollen wir nicht im Treppenhaus besprechen.“

Ich betrete Leons Wohnung. Wir setzen uns im Wohnzimmer. Leon schweigt.

„Ich möchte mich mit dir wieder aussöhnen.“

„Das hättest du dir vor der beknackten Geschichte mit dem Gastgewerbe in Regensburg überlegen müssen.“

„Ich fühlte, als ich Dana in Regensburg traf, wieder das Pulsieren in meinem Leben. Ich fühlte mich die letzten drei Jahre ohne Mama so leblos. Ich dachte, mein Leben sei zu Ende.“

„Du hast Mama verraten. Mama würde es nicht gut finden, dass du mit dieser Dana etwas anfängst. Es ist einfach widerlich.“

„Du irrst dich. Eva und ich haben immer wieder einmal darüber gesprochen – besonders in der letzten Zeit, als sie so krank war – dass ich mein Glück noch einmal neu suchen und finden soll, wenn sie gegangen ist.“

„Das glaube ich nicht.“

„Das ist eine Sache zwischen Eva und mir. Das kannst du nicht wissen. Es genügt, dass ich es weiß. Mama wollte, dass ich wieder frei bin, wenn sie nicht mehr da ist.“

Leon verschränkt die Arme vor seiner Brust. „Das glaube ich nicht. Wir sind keine Familie mehr, seit Mama tot ist und du mit dieser Dana etwas angefangen hast.“

„Wir werden immer eine Familie sein. Du wirst immer mein Sohn sein. Ich bin gekommen, um dir das zu sagen. Du bist bei uns immer willkommen. Ich hoffe sehr, dass du uns besuchen kommst.“

Leon schaut mich mit finsterem Blick an. Ich glaube, ich werde hier und heute nichts mehr ausrichten können.

Mein Sohn schaut zum Fenster. Ohne mir in die Augen zu blicken bittet er mich, wieder zu gehen. „Ich denke, es ist alles gesagt.“

Ich wende mich zur Tür. Bevor ich gehe drehe ich mich noch einmal zu meinem Sohn um. „Ich habe dich lieb.“

Leon erwidert nichts. Und ich gehe. Ich bin sehr traurig. Aber mehr kann ich wirklich nicht tun. Jetzt ist er am Zug. Er muss schauen, ob er die Verbindung zu mir halten möchte. Ich will es.

Neue Hindernisse

Alfonso zeigt Dana die Menükarte, die ab morgen gelten soll. „Wir brauchen demnächst zwei Auszubildende. Dann kann ich die Arbeiten verteilen."

Dana dreht sich von Alfonso zu mir um, als sie die Tür gehen hört. „Du bist ja wieder da."

„Ja. Ich habe in Frankfurt getan, was ich tun konnte. Jetzt müssen wir in Geduld warten, was geschieht."

„Ich bin stolz auf dich, Richard. Du hast den ersten Schritt getan." Sie zeigt mir die Karte. „Ab Montag gibt es bei uns Speisen à la carte. Schau nur."

Ich lese.

Würziger Gnocchi-Bohnen-Eintopf mit Chorizo, Bacon und cremigem Kräuterdip.

Chili Süßkartoffel-Kumpir mit Ofengemüse und Sauerrahmdip.

Kartoffel-Schnittlauch-Plätzchen mit Knoblauch und gerösteten Kirschtomaten.

Noch während ich die Karte studiere, geht erneut die Tür. Und Herr Obermeier spaziert in unsere Gaststube. „Grüß Gott. Ich wollte mit ihnen ja noch einmal über die Rückabwicklung des Pachtvertrags sprechen. Ich bin bereit, von der Rückabwicklung abzusehen, wenn wir in der Pacht noch etwas nachbessern."

„Nachbessern? Wie meinen sie das?" Dana schaut Herrn Obermeier fragend an.

„Naja, nach dem astronomischen Jahrtausendfund ist meine Immobilie im Wert ja noch einmal gestiegen. ‚Museum plus Hotel' heißt die Devise. Einen neuen Pächter zu besseren Konditionen hätte ich schon."

„Ja, aber unser Vertrag gilt." Dana wendet sich zu mir und flüstert mir zu. „Ich hole mal Christian."

Herr Obermeier stellt sich ganz aufrecht. Wenn sein dicker Bauch nicht wäre, stünde er da wie eine Kerze. „Eine Pacht ist immer ein Nehmen und ein Geben."

Ich stelle mich ihm entgegen. „Und sie denken da jetzt ans Nehmen."

„Nun ja, das Juwel am Brückenkopf haben sie ja schon genommen. Nur aufgrund der neuen Verhältnisse mit dieser Himmelsscheibe müssen wir da die Pacht nochmal nachbessern."

„An was dachten sie denn da?"

„Nochmal die Hälfte oben drauf."

„Jeden Monat?"

„Ja, freilich."

Inzwischen trifft Dana mit Christian ein. Mit einer ausladenden Handbewegung deutet Dana auf meinen Freund. „Wir sind ja so froh, dass wir mit Christian einen erfahrenen Rechtsanwalt in unserem Team haben."

Christian stellt sich Herrn Obermeier entgegen. „Die Pacht ist auf zehn Jahre festgeschrieben. Eine von ihnen vorgeschlagene Nachverhandlung ist gegenstandslos, und ihre Forderungen sind für uns nicht bindend. Bindend ist allein der vereinbarte und unterzeichnete Pachtvertrag." Christian spricht sehr klar und unmissverständlich.

Herr Obermeier dreht sich um. „Von mir werden sie noch hören." Weg ist er.

Dana verdreht die Augen. Dann informiert sie uns. „Seit heute sind wir im Onlineportal als Hotel buchbar. Sie hatten noch auf Fotos unseres Restaurants und unserer Zimmer gewartet. Ich habe heute alles hochgeladen."

„Gut gemacht, Dana." Ich gebe ihr einen Kuss.

Christian meldet sich zu Wort. „Also, wir müssen eine Lösung für die kostenlosen Mahlzeiten für Bedürftige finden. Ich habe eine Nacht darüber geschlafen. Ich kann verstehen, dass ihr großzügig sein wollt. Aber wir wollen ja auf der anderen Seite auch ein Hotel und keine Einrichtung zur Armenspeisung."

„Was schlägst du vor?"

„Die Bedürftigen müssen auch etwas für ihre Mahlzeit tun. Sie könnten in der Küche die Kartoffeln schälen."

Dana schüttelt energisch den Kopf. „Das geht aus Gründen der Hygiene nicht. Das Essen, das wir ausgeben, darf ausschließlich durch unser Personal zubereitet werden."

„Hm." Christian stutzt. „Und wenn sie die Straße und die Terrasse fegen?"

Wieder schüttelt Dana den Kopf. „Hunger ist der Grund, warum wir helfen. Es soll nicht eine Gegenleistung für getane Arbeit sein."

„Und essen dann die Bedürftigen bei uns à la carte, oder wie?“ Wieder stemmt Christian seine Hände in die Seiten.

Ich hoffe, das Gespräch geht heute besser über die Bühne als gestern. Ich lenke ein. „Wir könnten für die Bedürftigen eine gute Suppe kochen. Die könnten wir austeilen.“

„Und wo essen die dann?“ Christian verzieht den Mund.

„In unserem Restaurant. Wenn es kalt ist, drinnen. Wenn es Sommer ist, draußen auf der Terrasse.“

Christian schüttelt den Kopf. „Ich glaube, ihr wisst nicht, worauf ihr euch da einlasst.“

Dana spricht ganz sanft mit Christian. „Wir wollen ein Haus schaffen, in dem alles ganz anders ist. Wir wollen ein Rastplatz für alle Menschen sein, ob arm, ob reich. Gib doch unserem Plan eine Chance. Und dann können wir nach einem Monat erneut über alles beratschlagen. Ich glaube, es wird uns möglich sein, als die Oase in Regensburg bekannt zu werden.“

Ich sehe, wie Christian sich überwindet und dann doch zart nickt. „Wir besprechen uns. In einem Monat. Ich bin einverstanden.“

Die Gewerbeaufsicht

„Guten Tag. Ich bin der Herr Strauß von der Gewerbeaufsicht. Uns ist zu Ohren gekommen, dass sie hier ein Flat-Rate-Bordell mit Sexarbeiterinnen betreiben. Sie brauchen natürlich eine Erlaubnispflicht für das Prostitutionsgewerbe. Davon abgesehen dürfen keine Gefahren oder sonstigen Nachteile oder Belästigungen für die Allgemeinheit von ihrer Einrichtung ausgehen. Durch die zentrale Lage in Regensburg in der Nähe des Brückenkopfs sehen wir hier besonders für die Jugend eine Gefährdung."

Ich rücke gerade die Stühle im Restaurant zurecht, als Herr Strauß eintritt. Ich rufe sofort nach Dana und Christian. Dann wiederhole ich, was ich verstanden habe. „... Flat-Rate ... was?"

Christian kommt und positioniert sich vor dem fremden Herrn. „Was können wir für sie tun?"

„Ich bin der Herr Strauß von der Gewerbeaufsicht. Ich rüge ihre Einrichtung eines Flat-Rate-Bordells in diesem Teil der Stadt. Zudem fehlt bei uns jede Anmeldung von ihnen sowie eine Genehmigung unsererseits."

„Wer hat ihnen gesagt, dass hier ein Bordell betrieben wird?"

„Ein besorgter Bürger dieser Stadt, der nicht namentlich in Erscheinung treten möchte."

„Ein Denunziant?", fragt Dana klar und präzise.

Herr Strauß räuspert sich. „Wie gesagt ... ein besorgter Bürger."

„Hier ist kein Bordell. Sie wurden falsch informiert."

„Und das zweifelhafte Gesindel, das sich bei ihnen täglich tummelt? Nun, das werde ich prüfen. Und falls sie doch..."

„Welches zweifelhafte Gesindel? Sprechen sie von den armen Menschen, die wir unentgeltlich speisen?" Dana ist verärgert.

„Genau. Zweifelhaftes Gesindel."

„Diese Menschen wären wohl kaum die Klientel für ein Flat-Rate-Bordell. Da kämen doch eher Männer mit Geld und ihres Alters in Betracht." Christian zeigt dem Herrn den Weg nach draußen. „Hier ist kein Bordell. Das sagte ich ihnen bereits, Herr Strauß, und das können sie auch ihren Mitsträußen sagen. Jeder weitere Kontakt hat schriftlich zu erfolgen. Ich bin übrigens Rechtsanwalt und Mitinhaber dieses Hotels. Auf Wiedersehen."

„Grüß Gott." Herr Strauß tritt ab.

Wir drei schauen uns an.

Dana sagt nur ein Wort. „Obermeier."

Christian hat auch eine Meinung dazu. „Ich gehe jede Wette ein, dass dieser Herr Strauß nicht von der Gewerbeaufsicht war. Die arbeiten dort garantiert professioneller. Ich vermute, dieser Herr Strauß war ein Spezi unseres Vermieters."

„Auf die Idee bin ich ja noch gar nicht gekommen."

„Siehste, Richard. Gut, dass ich an Bord bin."

Ich pflichte ihm bei, und auch Dana stimmt dem zu.

„Ich fühle mich in ihrem Hotel ausgesprochen wohl. Meine Schreibblockade habe ich zwar noch nicht so recht überwunden, und ich suche noch nach einem Thema für mein nächstes Buch. Doch ich merke, dass mir die Gemeinschaft mit ihnen guttut. Und ich werde diese schwierige Phase überstehen.“

Dana lächelt unseren Schriftsteller an. „Das ist die schönste Wertschätzung, die sie uns geben können.“ Sie wendet sich mir zu. „Findest du das nicht auch?“

Ich schaue Dana an. „Ja. Mich beschäftigt im Moment mehr, dass immer mehr Menschen unsere Tagessuppe essen. Wir kommen mit unserer übrigen Arbeit im Restaurant kaum nach.“

Uwe-Karsten schaut wechselweise Dana und mich an. „Ich beobachte das sehr genau. Das Problem kommt nicht durch die mittellosen Bedürftigen, die zur Tagessuppe anstehen, sondern durch die vielen wohlhabenden Personen, die durchaus das Geld für eine Suppe im Restaurant am Brückenkopf aufbringen könnten, sich aber eine kostenlose Mahlzeit erschleichen wollen.“

„Wie sollen wir die beiden Gruppen voneinander trennen?“

„Das wird ihnen in ihrem Haus kaum gelingen. Besser wäre eine eigene Armenküche, die Alfonsos Tagessuppe ausschenkt. Ich habe mich schon umgeschaut. Jenseits der Steinernen Brücke, in Stadtamhof, gibt es eine Armenküche der Caritas. Die könnten sie mit ihrer Suppe beliefern.“

Dana sieht nachdenklich aus. Sie zieht die Augenbrauen nach oben. „Was denkst du, Richard?“

„Ich glaube, das wäre ein gangbarer Weg. Wir würden uns für die Stadt einsetzen, ohne unseren Betrieb zu gefährden. Ich finde die Idee von Uwe-Karsten gut."

Dana nickt. „Ich werde mit der Caritas sprechen." Dann schaut sie Uwe-Karsten an. „Danke für diesen Vorschlag."

„Ich habe mir noch mehr Gedanken gemacht. Ich bin gut vernetzt. Was halten sie davon, wenn ich meine Kontakte in ‚Bücher ohne Grenzen' spielen lasse?"

„Wozu?"

„Um für das Hotel am Brückenkopf zu werben. Es gibt auch andere Schriftsteller, die ab und zu eine Schreibblockade haben und einen Ort zur Erholung suchen. Davos war lange Zeit ein Geheimtipp. Aber ich glaube, ihr Hotel könnte sich auch zu solch einer Empfehlung unter meinen schriftstellerischen Freunden entwickeln."

Dana lacht. „Ja. Wir nehmen jede Werbung dankbar an. Womit wollen wir starten?"

„Ich biete an, noch vor Weihnachten eine Lesung in ihrem Restaurant zu halten. Dazu würde ich meine sämtlichen Schriftstellerfreunde kontaktieren. Ich glaube, es würden so einige kommen, denn ich habe schon lange keine Lesung mehr gehalten."

„Würden sie auch aus ihrem letzten Buch ‚Berliner Weiße mit Schuss' lesen?"

„Selbstverständlich. Und wenn ich erst wieder Lesungen halte, kommen mir vielleicht auch wieder neue Ideen, und meine Schreibblockade ist bald Vergangenheit." Uwe-Karsten hält inne.

Dann präsentiert er eine weitere Idee. „Was halten sie von einer Schreibwerkstatt in ihrem Haus?“

Dana spitzt den Mund. „Was stellen sie sich darunter vor?“

„Darunter stelle ich mir eine Werkstatt vor, in der Interessierte unter Anleitung Texte schreiben. Wissen sie, eigentlich schlummert ja in jedem Menschen ein Schriftsteller. Das Talent muss nur geweckt werden. Für manche hat das Schreiben auch eine therapeutische Bedeutung. Oder man hilft den Menschen, sich selbst zu finden. Anderen wieder kann geholfen werden, ihren künstlerischen Ausdruck zu verbessern und literarische Produkte zu verfassen.“

„Und wer leitet solch eine Schreibwerkstatt?“

„Ich könnte das anfänglich tun, bis wir eine geeignete Person gefunden haben. Ehemalige Redakteure aus Printmedien oder aus dem Rundfunk sind für solch eine Aufgabe geradezu prädestiniert. Ich bin sicher, wir finden jemanden.“

Ich lasse mir das alles durch den Kopf gehen. „Aber im Restaurant können wir das kaum anbieten. Die Teilnehmer an solch einer Schreibwerkstatt brauchen ja Ruhe und Abgeschiedenheit.“

„Das ist wahr. Da habe ich auch noch keine Lösung.“ Uwe-Karsten reibt sich das Kinn. „Jetzt planen wir erst einmal den Abend mit der Lesung.“

Dana nickt. „Sie laden ihre Freunde zur Lesung ein. Und wir sorgen für eine Ankündigung der Veranstaltung in den lokalen Medien. Wenn wir die Lesung noch vor Weihnachten durchführen wollen, dann bleibt nicht viel Zeit.“

Auszeit

„Richard?“

„Ja, Dana?“

„Wir gönnen uns heute einmal eine Auszeit.“ Sie lächelt mich an, und ich sehe Dana an, dass sie auch schon einen Plan hat.

„Was hast du vor?“

„Wir gehen heute Abend ins Turmtheater. Und vorher gehen wir essen. Wir gehen in das Sternerestaurant im Goliathhaus. Wir gönnen uns einfach mal eine Zeit, die nur für uns beide ist.“

„Das ist eine phantastische Idee.“ Ich nehme Dana in die Arme. „Ich hole nur schnell meinen Mantel. Dann können wir los.“

„Bringst du meinen Mantel bitte auch mit, Richard?“

Kurz darauf kehre ich mit Danas Mantel zurück. „Lass uns gehen.“

„Heute Abend lassen wir uns einmal so richtig verwöhnen.“ Sie hakt sich bei mir ein, und wir schlendern zum Goliathhaus. „Ich habe Tickets für eine Aufführung des Kleinen Prinzen von Antoine de Saint-Exupéry im Turmtheater. Und ich habe einen Tisch im Restaurant reserviert.“

„Ich freue mich, dass du alles so schön vorbereitet hast.“

Wir sind nach wenigen Schritten im Restaurant angelangt. Wir legen die Mäntel ab und werden an den reservierten Tisch geführt. Wir studieren die Karte.

Dana deutet auf ein vegetarisches Abendmenü. „Ich nehme die geflammte Avocado mit einem Sorbet von Wiesenkräutern und dem Apfel-Rettichsalat."

„Das klingt nicht schlecht. Ich nehme die Auberginenwürfel mit schwarzem Knoblauch und schwarzer Bohnenpaste und dem Fond aus Apfel und Feige." Ich lege die Karte zur Seite. „Wie geht es dir Dana? Unsere Tage sind so angefüllt mit Arbeit, dass wir kaum Momente für uns allein haben."

„Mir geht es sehr gut. Ich fühle mich in unserem Hotel und dem Restaurant ganz in meinem Element. Ich habe mir gewünscht, dass unsere Liebe so groß ist, dass sie auch für andere Menschen reicht."

„Hast du schon mit der Caritas gesprochen?"

„Ja. Sie nehmen unser Angebot der Tagessuppe sehr gern an."

„Das ist ein schöner Dienst für diese Stadt." Ich lege Danas Hand in meine Hand und streichele sie. „Unser Schriftsteller fühlt sich bei uns auch sehr wohl."

„Ich bin gespannt, wie der Abend mit der Lesung wird. Wir haben jetzt Samstag, den 15. Dezember ins Auge gefasst."

„Ist das nicht sehr kurzfristig? Vor Weihnachten sind doch alle sehr beschäftigt."

Dana lächelt mich an. „Uwe-Karsten ist sich gewiss, dass er viele befreundete Schriftsteller auch so kurzfristig motivieren kann, nach Regensburg zu kommen. Er hat schon seit Jahren keine Lesung mehr gehalten. Die Lesung bei uns wird eine kleine Sensation werden."

„Was hältst du von seiner Idee einer Schreibwerkstatt? Wie sollten wir die in unserem Haus unterbringen?"

„Ich habe darüber schon nachgedacht. Was hältst du von einem Ausbau des Dachbodens? Ich stelle mir eine Schreibwerkstatt im Dachgeschoss sehr gemütlich vor."

„Das wären neue Kosten."

„Wir können mit Tadeusz ja einmal alles anschauen und uns einen Kostenvoranschlag machen lassen. Dann können wir immer noch entscheiden."

Unser Essen kommt. Dana ist ganz erstaunt. „Das ist ja ein mehrgängiges Menü. Ich dachte, nur ich bekomme die geflammte Avocado."

„Ja. Wie viele Gänge sind es?" Ich schaue den Ober an, der meine geflammte Avocado vor mir platziert.

„Es sind bis zum pochierten Pfirsich sieben Gänge, mein Herr."

Ich ziehe die Augenbrauen hoch. „Dann könnte es mit dem Turmtheater knapp werden."

„Lass uns die Zeit hier jetzt einfach genießen. Keine Eile. Kein Stress. Lass uns diesen Moment nun ganz in Ruhe erleben."

„Du hast Recht, Dana. Hauptsache, wir sind zusammen." Warum denke ich ausgerechnet jetzt daran, wie ich Dana als Teenager das erste Mal auf dem Schulfest gesehen habe? Und wie ich sie in der Alten Linde wiedersah. Wie gut, dass mein Freund Josef sie kannte und uns einander bekannt machte. Und wie gut, dass ich mit Christian den Städtetrip nach Regensburg unternommen habe. Mein Leben hat noch einmal neu angefangen.

Der Tag der Lesung

„Das ist etwas unglücklich, dass Tadeusz gestern nicht mehr vorbeischauen konnte, um mit uns den Dachboden zu inspizieren. Heute wird das alles etwas knapp. Wir müssen noch so vieles für die Lesung vorbereiten." Man sieht mir gewiss an, dass mir das im Moment alles ein bisschen viel wird.

„Das stimmt. Aber wir bekommen das sicher hin. Tadeusz hat gesagt, wir brauchen nicht länger als eine Stunde."

„Wie sieht es mit unseren Zimmerbuchungen aus?"

„Ausgebucht. Wir sind tatsächlich ausgebucht. Uwe-Karsten hat alle seine Kontakte spielen lassen."

„Phantastisch."

„Wir müssen die Tische für die Lesung anders stellen. Wir brauchen Platz für die Stuhlreihen, Richard. Hilfst du mir bitte?"

„Ja. Kann man dann bei uns heute Abend nicht essen?"

„Ich habe schon mit Alfonso gesprochen. Heute Abend gibt es nur Fingerfood. Und einen Sektempfang planen wir auch."

Ich verstehe. Und ich stelle zusammen mit Dana den ersten Tisch in den hinteren Bereich des Restaurants.

Da spaziert Tadeusz in unser Restaurant. „Hallo zusammen. Wollen wir uns eben mal das Dach ansehen gehen?"

Dana und ich lassen unsere Arbeit zurück und nehmen mit Tadeusz die Treppe nach oben. Mit einem knarzenden Geräusch öffnet sich die Tür zum Dachboden. Es ist dunkel. Hier gibt es weder Fenster noch elektrisches Licht. Tadeusz schaltet das Licht an seinem Mobiltelefon ein. Jede Menge Spinnweben sind hier. Aber man sieht, dass der Dachboden eine schöne Höhe hat. Tadeusz zieht die Augenbrauen nach oben. „Also, aus diesem Raum ließe sich schon etwas machen." Er läuft den Raum ab. „Was ist das hier für ein Verschlag?" Er deutet auf eine mit Holzlatten verschlossene Wand auf der nördlichen Seite des Dachbodens."

Dana zuckt mit den Achseln. „Keine Ahnung. Wir haben den Raum hier oben nie näher angeschaut."

Tadeusz tastet mit den Händen die Holzlatten ab. „Ich wundere mich. Was mag sich dahinter verbergen? Hier sind keine Tür und keine Klappe, die man öffnen könnte. Mir ist nicht klar, warum hier eine Bretterwand errichtet wurde. Wartet einen Moment. Ich hole Werkzeug aus meinem Auto."

Dana schaltet ebenso das Licht ihres Mobiltelefons ein. „Jetzt bin ich aber auch neugierig, was hinter dieser Wand ist."

Fünf Minuten später kehrt Tadeusz mit einem Meißel, einem Hammer und einem Scheinwerfer zurück. „Halte mal das Licht."

Ich nehme den Scheinwerfer in die Hand. Der Raum wird hell erleuchtet. Tadeusz setzt den Meißel zwischen zwei Holzlatten an. Er rutscht ab. Erneut platziert er den Meißel und schlägt ihn mithilfe des Hammers tiefer in den Spalt hinein. Dann schlägt er mit dem Hammer seitlich auf den Meißel. Krachend splittert das Holz. Wieder setzt er den Meißel an. Die erste Latte löst sich. „Leuchte mal mit dem Scheinwerfer hinein."

Ich führe den Scheinwerfer von oben vor den Spalt in der Holzwand.

Tadeusz schaut in den Hohlraum hinter der Holzwand. „Da ist Metall.“

„Lass mich auch mal schauen.“ Ich werfe ebenso einen Blick in den geheimnisvollen Raum hinter dem Holzverschlag. „Das ist ... eine Badewanne.“ Ich trete von der Holzwand zurück, damit auch Dana durch den Spalt schauen kann.

„Moment.“ Tadeusz setzt den Meißel wieder an und reißt noch drei weitere Latten aus der Holzwand. Dann schaut er mithilfe der Lichtquelle wieder in den Hohlraum. Er sagt kein Wort. Er schwenkt den Scheinwerfer nach links und rechts, nach oben und nach unten. Dann tritt er von der Holzwand zurück. „Das ist...“ Ihm stockt der Atem.

„Ich will auch noch einmal schauen.“ Ich nehme den Scheinwerfer in die Hand und leuchte in den Raum hinein. „Ja. Das ist eine Badewanne. Wie ich schon sagte.“

„Nee, Richard. Das ist eine Fliegerbombe.“

Ich höre das Schaudern in Danas Stimme. „Eine Fliegerbombe?“

Tadeusz ist sich sicher. „Ja. Ein Blindgänger.“

„Ja, war denn die Regensburger Altstadt auch von Fliegerangriffen betroffen?“ Ich schüttele den Kopf.

Dana weiß mehr. „Regensburg war ja ein wichtiger Standort der Rüstungsindustrie. Auf der Fläche des heutigen Schwimmbads waren die Messerschmitt-Werke. Da gingen die meisten Bomben runter. Aber einige Bomben trafen auch die Stadt.“

„Wir müssen jetzt handeln.“ Tadeusz klingt sehr bestimmt.

Ich schaue ihn an. „Was sollen wir tun?“

„Wir müssen das Haus evakuieren und die Polizei benachrichtigen. Die Bombe muss entschärft und abtransportiert werden.“

Tausend Gedanken schießen mir durch den Kopf. Die Lesung. Das ausgebuchte Hotel. Die Sicherheit unserer Gäste. Herr Obermeier. „Ob der Obermeier von der Fliegerbombe weiß?“

„Wer auch immer diesen Bretterverschlag da hingebaut hat, wusste, was er verheimlicht. Lasst uns nach unten gehen. Wir müssen jetzt alles in die Wege leiten.“

Ich greife nach Danas Hand. Reißen die Hindernisse denn einfach nicht ab?

Rüdiger Marmulla:
Eine Oase in Regensburg.
Liebe in schweren Zeiten.
Erscheint im März 2022

Eine Fliegerbombe aus dem zweiten Weltkrieg bringt Danas und Richards Pläne für ihr Hotel am Brückenkopf noch einmal vollkommen durcheinander. Die geplante Lesung muss ausfallen und alle Hotelgäste müssen das Haus verlassen.

Doch schließlich geht ihr Plan auf, zusammen mit dem Schriftsteller Uwe-Karsten Meersburg eine Oase für Künstler zu begründen. Im folgenden Jahr blüht Danas und Richards Haus zu einem internationalen Treffpunkt für Literaturschaffende auf.

Leon und sein Vater führen ein klärendes Gespräch und nähern sich wieder einander an. Alles verläuft zur vollen Zufriedenheit von Dana und Richard, als die zwei Liebenden ein neuer Schicksalsschlag trifft. Wird ihre Liebe auch den kommenden Lebensabschnitt bestehen?

Rüdiger Marmulla:
Rückkehr nach Regensburg.
Auf den Spuren meiner ersten Liebe.
Berlin: Epubli, 2022
ISBN 978-3-754936-52-8

Der verwitwete Richard reist mit Christian nach Regensburg. Richard zeigt seinem Freund auf dem Städtetrip die Domstadt, in der er als Jugendlicher aufgewachsen ist. Dabei steigen in ihm viele Erinnerungen an seine Jugendtage auf. Besonders gern erinnert er sich an Dana, seine erste Liebe.

Bei einem Essen im Bischofshof traut Richard seinen Augen nicht. Ist die freundliche Kellnerin, die ihn und Christian an seinem Tisch bedient, nicht Dana? Die beiden kommen miteinander ins Gespräch. Wird diese Sommerreise der Aufbruch zu einem zweiten Frühling?

Dies ist der erste Band der Regensburg-Trilogie um die Liebe von Dana und Richard.

Rüdiger Marmulla:
Der Abenteuergarten.
Texte aus der Schreibwerkstatt.
Berlin: Epubli, 2021
ISBN 978-3-754926-34-5

Endlich, nach zahlreichen Romanveröffentlichungen, ist mein Lieblingsautor Rüdiger Marmulla bereit, die Tür zu seiner Persönlichkeit soweit zu öffnen, dass seine kurzen Geschichten, die alle Teil seines Lebens sind, in einem wunderschönen Buch mit dem Titel „Der Abenteuergarten" ihre Heimat finden. Selten haben Leser die Möglichkeit, einem Autor auf diese Weise nahe zu kommen.

Rüdiger Marmulla nimmt sich gern auch mal selbst auf die Schippe und überrascht mit so mancher Anekdote. Selbst als langjährige Freundin erfuhr ich so manches Geheimnis und stellte fest, dass die verborgensten Seiten der Menschen unergründlich sind. Wie schön, dass die treuen Leser der Krönlein-Reihe und anderer christlicher Werke des Autors auf diese Weise einen Zugang zu seiner Person aber auch zur Entstehung seiner Bücher bekommen. Als Leser mit einbezogen zu werden ist ein großes Privileg. Ich ehre das Vertrauen, das Rüdiger Marmulla mit diesem Buch seinen Lesern entgegenbringt.

Margit Helten, Karlsruhe

Rüdiger Marmulla:
Treffpunkt Donaustrudel.
Ein spätmittelalterliches Drama.
Berlin: Epubli, 2021
ISBN 978-3-753149-28-8

Regensburg im ausgehenden 15. Jahrhundert. Der Schneidergeselle Paul kommt bei der etwas jüngeren Maria so gar nicht an. Isaak, dessen Herz für Rahel schlägt, scheint im Gegensatz zu ihm immer das rechte Wort auf den Lippen zu haben. Erst nachdem Paul seine Vorurteile und Unterschiede zu Isaak überwunden hat, schließen die beiden Siebzehnjährigen Freundschaft. Von da an bestärkt Isaak Paul bei seinem Werben um Maria.

Überschattet werden die persönlichen Ereignisse im Leben der vier jungen Menschen von einem Mordprozess gegen prominente Mitglieder der jüdischen Gemeinde. Während Isaak von der Unschuld der Inhaftierten überzeugt ist, ist sich Paul gewiss, dass in den Gerichtsverhandlungen alles mit rechten Dingen zugeht. Als sich auch der Kaiser in den Prozess einschaltet, stellen die Geschehnisse in der Stadt an der Donau die Freundschaft der Jugendlichen auf eine harte Probe.

Werden die vier sich an ihrem vertrauten „Treffpunkt Donaustrudel“ wiedersehen?

Rüdiger Marmulla:
harmonia mundi.
Das Vermächtnis des Himmelsvermessers.
Berlin: Epubli, 2021
ISBN 978-3-753149-27-1

Ein geheimnisvoller Mann ruft den jungen Steinmetz Caspar zu sich an sein Sterbebett. Es ist ein ungewöhnlicher Auftrag. Der fremde Mann mit dem Namen Johannes Kepler diktiert Caspar seine eigene Grabinschrift:

> „Die Himmel hab ich gemessen,
> jetzt mess ich die Schatten der Erde.
> Himmelwärts strebte der Geist,
> des Körpers Schatten ruht hier."

Caspar möchte die Inschrift auf dem Grabstein, den er schaffen wird, verstehen. Die beiden Männer, die nicht unterschiedlicher sein könnten, kommen miteinander ins Gespräch. Der Sterbende bekommt Mut, aus seinem Leben zu berichten. Johannes erzählt Caspar, wie er die Mathematik und Theologie studierte, wie er als Landvermesser arbeitete und wie er schließlich Himmelsvermesser wurde. Dabei entdeckte er die Harmonie, Schönheit und Ordnung der gesamten Schöpfung. Die beiden sprechen auch über den Anfang und das Ende der Welt. Und Johannes gibt Caspar etwas Wichtiges mit auf seinen Lebensweg.

Rüdiger Marmulla:
Lifetime Learning.
40 sichere Tipps für alle Lebenslagen.
Berlin: Epubli, 2020
ISBN 978-3-753114-63-7

Niemand will ungebetene Ratschläge, Tipps oder Hinweise. Auch das Lesen von Ratgeberbüchern hängt uns schon zum Hals raus.

Umso mehr überrascht die 10 sichere Tipps-Tetralogie von Rüdiger Marmulla mit ihrem Humor, der selbstironisch unsere Lebenswelt hinterfragt. Einiges ist aktuell, anderes völlig überzogen. Dennoch finden wir Leser uns darin wieder.

Genüsslich kann man die vier Bände mit ihren Kapiteln einzeln oder auf einen Rutsch lesen. Der Autor richtet seinen liebevollen Blick auf die Hauptanliegen in unserem Leben: Liebe, Familie und Sinn.

Der Held dieser Bücher, Stephan Krönlein, ist mir beim Lesen so ans Herz gewachsen, dass ich es schade finde, nach dem letzten Band wieder alleine dazustehen. Ich werde ihn vermissen.

Margit Helten, Karlsruhe

Rüdiger Marmulla:
Lars‘ Diary.
Das Geheimnis meiner großen Liebe.
Berlin: Epubli, 2021
ISBN 978-3-753169-30-9

Mit dieser wundervollen Liebesgeschichte „Lars‘ Diary“ knüpft Rüdiger Marmulla an die 10 sichere Tipps-Tetralogie um Stephan Krönlein an.

Stephans Sohn Lars erlebt die Spannungsfelder des Erwachsenwerdens. Das Buch zeigt die Träume und Unsicherheiten junger Menschen, die die Welt erobern und ihre Fähigkeiten zum Einsatz bringen wollen. Gleichzeitig wird aber auch klar, welch zerstörerische Kraft der Missbrauch von Drogen auf ein Leben haben kann.

Was wäre ein Roman von Rüdiger Marmulla ohne die verbindende Kraft der Freundschaft und der Liebe Gottes. Einzelne Protagonisten früherer Bücher tauchen auch hier wieder auf. Das Buch bezaubert durch die Beschreibung bekannter Orte, die mancher Leser schon selbst gesehen hat. Mich persönlich nahm die Grundstimmung des Buches mit in eine liebevolle, optimistische Atmosphäre. Es fühlte sich fast so an, als wäre ich selbst Lars oder Lisa, die diese Geschichte erleben.

Margit Helten, Karlsruhe

Rüdiger Marmulla:
Beautiful Lights.
Auf den Flügeln der Morgenröte.
Berlin: Epubli, 2021
ISBN 978-3-754133-20-0

Die große Liebe – wer wünscht sie sich nicht? Doch eine Ehe ohne Schwierigkeiten – die gibt es nicht. Rüdiger Marmulla, bekannt durch seine einfühlsamen Lebensbeschreibungen, lässt die Leser teilhaben an einer Ehe, die alle Facetten eines normalen Ehelebens widerspiegelt. Der Leser wird mit den Protagonisten leben, leiden und lieben.

Das Buch zeigt, dass Gegenwart und Vergangenheit nicht voneinander zu trennen sind, und es nimmt den Leser in eine mögliche Zukunft mit, in der futuristische Alltagsszenarien und atemberaubende künftige Forschungsfelder skizziert werden.

Ich persönlich lese gerne Romane, in denen die Liebe garantiert ist. Doch das Leben ist anders. Meisterhaft navigiert der Autor die Geschichte durch Höhen und Tiefen. Der christliche Glaube darf wie immer nicht fehlen, und als Leserin spüre ich die psychologische und menschliche Kompetenz des Schriftstellers. Das Buch tut gut, weil ich mich darin wiederfinde und meine Lebensfragen bearbeitet werden.

Margit Helten, Karlsruhe

Rüdiger Marmulla:
The Fulfillment.
Im Anfang war das Wort.
Berlin: Epubli, 2021
ISBN 978-3-754902-64-6

Forscher wollen immer dasselbe: Verstehen, was die Welt im Innersten zusammenhält. Lisa stellt als zukünftige Ärztin den Menschen in den Mittelpunkt ihres Interesses. Ihr Ehemann Lars hingegen schießt mit seiner Kollegin Jael Rosenberg über das Ziel einer bodenständigen Forschung hinaus. Die beiden entdecken einen Effekt, der den Ursprung der Existenz erklären und gleichzeitig ihr Ende einläuten könnte. Trotz räumlicher und zeitlicher Distanz pflegt Lisa den Kontakt zu Lars. Werden sie gemeinsam einen Weg finden? Wird es ein Wiedersehen geben?

Der Leser gerät in eine fiktive Geschichte, die auch Realität werden könnte. Erneut schuf der christliche Autor und Meister des Spannungsaufbaus, Rüdiger Marmulla, einen Thriller, der forschungsethische Fragen aufwirft.

Margit Helten, Karlsruhe

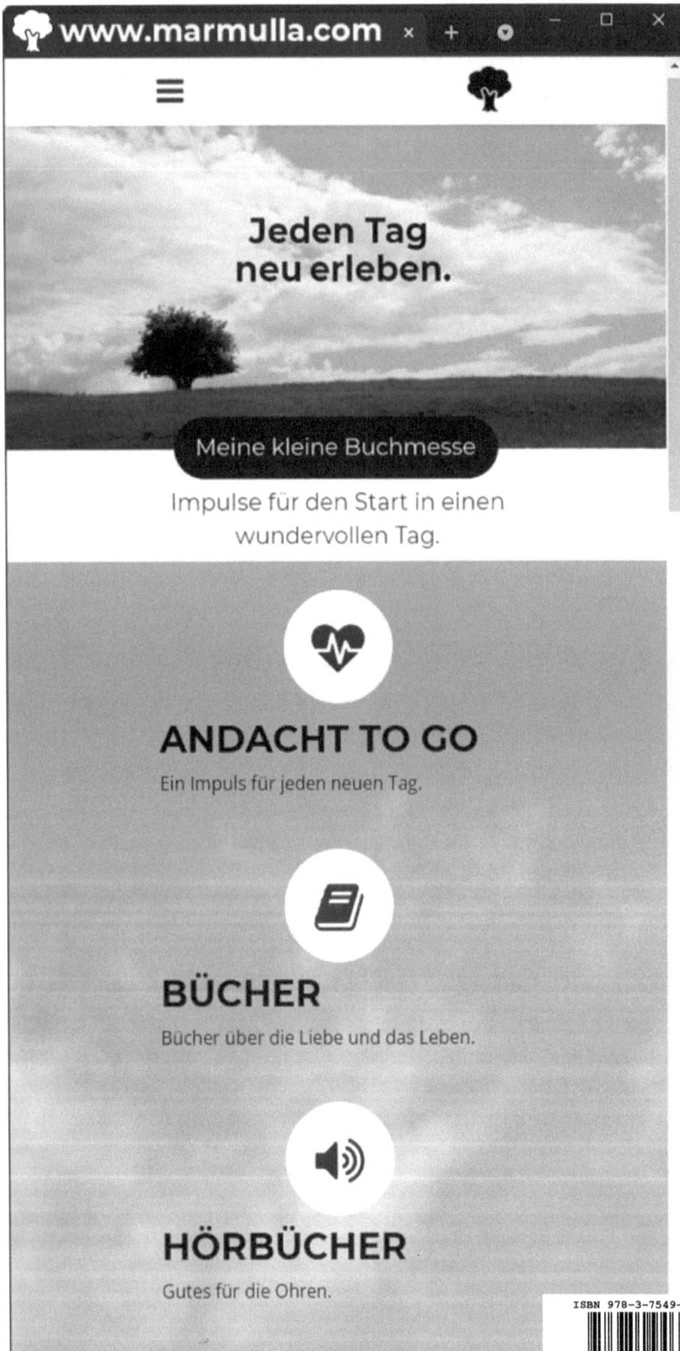

ISBN 978-3-7549-4639-8
www.epubli.de